英 華 女 學 校
2022 至 2023 年 度

黑紗背後的秘密

目錄

第一章：惡夢的起點 7 曾沛晴
第二章：女鬼之謎 19 陶曉昕
第三章：邂逅 33 胡熙瑜
第四章：撲朔迷離 45 葉司敏
第五章：失蹤疑雲 55 邱綽心
第六章：未來的訪客 67 余恩予
第七章：劫後餘生 87 梁漪澄
第八章：相遇 109 黃菱欣

第一章：惡夢的起點

在疑幻似真的夢境中，黑紗把天籠罩起來，一陣霧在城鎮上飄蕩不散。宋希辰突然感覺到有人把手搭在自己的肩上，他一轉頭看去，便看見一名披頭散髮的女孩一直瞪大眼睛看著他，憂鬱之情盡顯臉上，那雙佈滿血絲的眼睛更像是包含著千種哀怨，萬般憤懣，就是一本書也寫不完。

希辰雖然感到很害怕和疑惑，但面對著眼前這個狼狽不堪的小女孩，卻又不自覺地同情起她來。突然「轟隆」一聲響起，天空霎時雷電交加，長髮女孩亦垂下了她搭在希辰肩上的手，悄然無息地向後退去，並距離希辰愈來愈遠。希辰目送著女孩離開自己，漸漸地，一切又重新回歸平靜，寂寥的氣氛使他們中間像隔了一層黑紗一樣，看不見，亦摸不到。

過了不久，陽光照射在窗戶上，光線照落在希辰的身上，其耀眼的陽光漸漸地把他弄醒。希辰揉揉眼睛，沉思著剛才那個夢境的含義。片刻，他踏出家門，一股寒冷刺骨的風便立時迎面撲來，希辰把圍巾拉到了鼻子下方，細語道：「會下雪嗎？如果會下雪，風景就應該很美吧！」

「希望會下雪吧！我也想看呢！」一把硬朗的聲音適時從希辰身旁響起。那人正是金翔軒，他是希辰的好朋友，亦是從小就認識的鄰居和玩伴，所以他倆的感情特別深厚，不論上學、回家，人們總會看見他們在一起有說有笑，在別人看來，他們就是一對形影不離的好朋友。

回到學校——蕭朗中學後，一群女同學便瞬間朝希辰他們圍了過來。「妳們別這樣啦！」金翔軒扭著身子自作多情地說。女同學們本來愛慕的臉立刻變成厭惡的樣子，紛紛朝他那令人嘔心的姿勢翻了個白眼，令翔軒頓感沒趣，便喊了一句：「再見各位！」接著又三步併作兩步地飛快逃離了現場。翔軒離開後，女同學們的態度立刻發生了一百八十度大轉變。她們紛紛圍在希辰身邊「希辰哥哥……」地叫個不停。希辰被她們纏繞，只好託詞借故離開：「那個……不好意思，我還有事情要處理，我們晚點再聊吧，好嗎？」此話一出，女同學們也只好停止對希辰的糾纏，並不情不願地離「偶像」而去。經過一番擾攘後，一聲「喂」在希辰背後響起。突如其來的喚叫並沒有把向來冷靜的希辰嚇倒，只見他緩緩地轉身循聲看去，淡定地尋找著剛才那聲音的主人。

「是你啊，學校歷史研究學會的會長！想不到平常忙碌的你也會抽空來找同學聊天呢！」希辰笑道。「我看你被稱為『王子』的份上，才特意來告訴你某個秘密的。」說到這，會長故意停下。這頓時引起了希辰的好奇心，便問道：「甚麼秘密？」會長一聽，便用手托一托自己的黑框眼鏡，不慌不忙地回答道：「我最近從晚回家的同學口中收到消息，他們說學校裏有鬼，就是披頭散髮的那種，臉上還有一雙血紅的眼睛，看上去就像是經歷過甚麼深仇大恨似的，或許那隻鬼有生前未了的事情，所以一直留在這所學校。但至於他們為甚麼會有如此大的怨恨，就仍然是一個謎。」會長的描述令希辰想起昨晚的夢境，使希辰不禁懷疑自己夢見了會長所說的那個女生。他狐疑地看著會長，心想著：會長所說的一切聽起來看似很荒謬，但又不是完全可信的，因為這所學校確實有很多值得懷疑的地方。比方說，有人就曾說過音樂室裏的牆壁是空心的，但無人知道它藏著甚麼秘密；又例如學校的一樓藏著一個雜物房，但這裏卻甚少有人出入，就連希辰自己都未曾見過學校的清潔工進入那裏，所以說，要是說學校裏有鬼的存在也是有可能的。

會長走後，希辰便收拾心情回到教室。正當他回到自己的座位時，他們班的女班長快步走過來，並用力地拍他的桌子，抬頭盯著希辰俊俏的臉龐。希辰被她弄得有點不知所措，額角更滲出了幾滴冷汗，只能支支吾吾地問：「怎麼……了？」「哼……哼哼！」班長冷笑了幾聲。然後假裝神秘地說：「歷史會長——我姐姐有跟你說對吧？鬼魂事件現時在學校傳得可熱鬧哩！你知道嗎？聽聞這間學校有一宗奇怪的案件就發生於三年前的今天……」她一頓，又狡獪地向著希辰一笑：「咳咳……」她清了清喉嚨，續道：「聽說那時候啊，有一名女學生，她嘛……」班長緩慢的語速令希辰心急如焚，他想叫班長說快些，不過有一股奇怪的壓迫感壓制著他，使他不能說話，只能把眼睛瞪得像銅鈴般大。班長瞇著眼睛「嘻嘻」地笑了兩聲，然後又繼續說：「……離奇失蹤，屍體至今也仍然找不到，但有說屍體曾經在音樂室出現過，可惜警方到場調查時，屍體又無故消失了。據說在這之前還有幾個女孩也同樣失蹤，不過後來她們都重新回校上課，但喪失了那段時候的記憶，結果令事件淡化……你不覺得這很詭異的嗎？」

希辰聽後嚇得毛骨悚然，隨即又冷靜地說：「原來有這樣的事喔！」心中又不禁對班長表示佩服：我們的班長可真不愧是學校歷史研究學會會長的妹妹，不管是對甚麼過去的歷史背景，她都可以對此有一個非常清晰的了解。

「鈴鈴……鈴」上課的鐘聲驀然響起，同學立刻回到座位上端正坐好，老師走到課室，在白板上寫上「校園祭」三個大字。「今天我們會討論在校園祭中，我們班將會選什麼作為主題設計。」老師一說完，同學們就開始高聲討論「運氣占卜、傳說怪談、女僕咖啡廳」等，各式各樣的話題應有盡有。在一片祥和的氣氛中，全班同學都表現得很興奮——除了希辰。現在的他滿腦子都在想著那件女鬼事件，並思考著那名離奇失蹤的少女與會長所說的「鬼」以及與自己夢到的女生會否有關聯。就在此時，一陣痛楚從他手臂上傳來，他「哎」一聲轉一轉頭，發現原來是翔軒拍了拍他的手臂。「你這是怎麼了？一回到學校就一直心不在焉的樣子，到底發生了甚麼事？」翔軒擔心地問。「沒事。」希辰回答道，「謝謝關心了。」「我們待會還有籃球比賽呢！振作點！你可是我們的主力呢！球隊需要你！」翔軒拍拍他的肩膀，企圖讓他振作起來。

「知道了，我真的沒事。」希辰笑道，他又轉一轉身子，回到原來的位置。「宋希辰，你對校園祭的建議有什麼看法嗎？」老師問。希辰優雅地站起來，一瞬間全班女學生的目光都盯著他，希辰說出了他的看法：「沒有，我認為剛剛各位同學所提出的意見都很好，但如果能綜合一下各位的意見和提議就更好了。」說罷，他又坐下來，然後盯著窗外的風景，再次陷入沉思。躲在他身後的翔軒霎時把眼睛瞪得比籃球還大，心想：希辰明明沒有專心聽課，是怎樣能回答老師的問題，還能給出不錯的建議呢？「好！那麼班長你待會整理一下同學們的資料，然後交到我的座位上。」老師把白板上的「校園祭」擦掉，然後拍一下手，掃掃手中的白板灰。「知道！」聞言，女班長從座位上彈了起來，精神奕奕地回應了老師的吩咐。

下一節課便是希辰喜愛的音樂課，但這時的他卻怎麼也提不起勁來，只因他很是在意會長和班長的說話，因為過後的他總覺得自己心裏有一股尤為強烈的感覺，逼使他不得不胡思亂想起來，令他腦袋裏有千萬個疑問：那位少女是如何消失的？失蹤事件又是怎麼一回事？而自己又為何會夢見她？而女孩與學校背後的秘密，究竟又有著甚麼關聯？

正當希辰心煩意亂之際，他又聽見了音樂王老師作出了講解：「同學們，請把音樂手冊翻開至第四頁，我們今天會聆聽不同音樂家所作的交響曲。」說罷，老師便在電腦上按下「播放」的按鈕，其沙啞且悲哀的音樂聲令希辰更加不能專心起來，因為每當那一陣陣的旋律響起時，昨晚夢見的那個女孩的臉容就會從腦海中浮現出來，他甚至漸漸感覺到女孩深切的哀怨之情從自己心中炸裂開來，使希辰聽見她正無助的呼喚著、祈求著，彷彿正等待著他來拯救她。劇烈的情緒波動令希辰緊緊地閉上眼睛，他渴望自己在此刻停止思考，停止思考任何關於失蹤女孩的事情，可他就是身不由己。隨著音樂的旋律越奏越快，女孩悲哀的呼聲便越發強烈。痛苦、悲傷、無奈，彷彿就在希辰心中洶湧翻騰，引得他不斷緊握拳頭，額頭上的汗珠不斷滑下來。

「很熱……呼……很悶……」他低聲呻吟著。過了一會，他終於按捺不住，向老師高高地舉起手來。王老師見狀，便停止了正在播放中的音樂，溫柔地問道：「怎麼了嗎？」「我身體不適，請問可以到外面休息一下嗎？」希辰問道。看見老師點了點頭，希辰便離開座位，打算推開音樂室的門離開。但就在此時，他那原應動起來的雙腳卻一直不聽使喚地站在原地，身體彷彿有著千斤重，叫他無法邁出步伐來。「我怎麼會突然動不了了？身體怎麼不受控制了？」「怎麼了？希辰同學？」從音樂室中傳來的是出自女同學的關懷。在這略為分神的瞬間，希辰又驚奇地發現身體沒有剛才那麼沉重了，於是便轉身向同學和老師鞠一鞠躬，然後慢慢地推門離去。

希辰打算在校園裏到處逛逛，他一邊走一邊想讓自己放鬆。可是他卻無力做到，現在的他滿腦子都是想著那女孩的事，並一直在他的腦海中飄浮不定，久久不能沉下去。因此，他又走到圖書館，希望找到一個可以讓人放鬆心情的寧靜地方讓他安靜下來。他坐在圖書館的沙發上，閉上眼睛來整理一下自己的思路。「不能啊！還是這麼複雜、繚亂。唉……」他輕聲嘆息。又站了起來，來來回回地在書櫃之間走動，並不定時還會看一看書架上有沒有自己的「心頭好」。當他走進其中一個書櫃時，他突然瞥見了一本陌生的書。這本書彷彿有股魔力吸引著他去細看，叫他不得不拿下書本。可當他看見其書名《怨》後，他的眼神便一度變得炙熱起來，心更跳得異常的快速，逼得他要用手摸著心臟的位置，企圖讓其平復下來。

女孩的臉容，又再度在希辰腦海中閃過；夢境中那像被黑紗覆蓋著的孤寂感，又再次神秘的覆蓋在希辰的心中。

隨著自己的手傳來自己心臟的劇烈跳動，希辰變得越發焦慮起來，早已濕透的雙手卻還不止地滲著汗，心裏就彷彿被一層黑紗覆蓋那樣，一絲絲，一縷縷，彷似正冷漠地互相交織著，看不見，也摸不著。連番受到折磨的他也只好坐在沙發上先行休息，但他卻突然感到頭痛欲裂，四肢沒力，眼睛也漸漸地閉上……

第二章：女鬼之謎

「噹噹！」鐘聲響起了，音樂課亦隨之結束，剛剛片刻的小睡不僅讓希辰冷靜下來，也讓他暫時拋開了那複雜的思緒，衝回去上他最期待的生物課。

當他到達課室門口後，只見所有女生都整齊地排隊，並不停將眼睛打量著生物老師——蕭寒的身上，蕭寒有一雙炯炯有神的眼睛，蓬鬆的頭髮散落在他粗厚濃密的眉毛前，顯得他格外冷酷；不過當他泛起他那棱角分明的嘴唇時，那如夏日般溫暖的笑容又會盡顯他的孩子氣，讓人覺得他是個十分溫暖且真誠的人。因此，蕭寒老師可稱得上是這間學校的「風雲人物」，更是不少學生的偶像。但是，亦都只有希辰，懷著一個與別不同的看法——理性的他並不在意這位老師的外貌，更不視之為崇拜對象，反而總是有一種奇怪的感覺，就是蕭寒對待自己的笑容與別人的都不盡相同。明明自己與他並沒有甚麼聊天的機會，他卻總是感覺到這位老師有意無意地接近自己，叫他看見蕭寒時，心中都會有一股莫名的忐忑，但又說不出當中的不妥。

今日的他，這種感覺尤為強烈——是自己多慮了嗎？

蕭寒見同學們準備好上課後，便笑著邀請他們進入課室，然後又以一貫的語氣說：「今天，我們會講解人體的結構，大家留心上課啊！」接著，他又吩咐希辰為他派發工作紙給同學，然後抖擻精神，開始了今天的教學內容。

「大腦是人體最精密的器官，它一方面接收身體各部位傳回的神經訊號，一方面控制著我們的記憶、思想、感情、言語及行動……」

「老師，那不就是《22 世紀殺人網絡》中母體控制人類的方法嗎？我也很期待成為救世主 Neo，擺脫物理束縛呢！」班上的網路達人李唯斯聽見了自己熟悉的內容，不禁在聽課的時候喊了出來，又立即擺出了電影內著名的避子彈博士的標誌性動作。

「我知道。你上天下地、上牌、上網，就是不想上生物課罷了！」蕭老師的回應恍似一支尖銳的子彈，重重地擊碎了李唯斯剛才還興奮的心情，並巧妙地化解了李唯斯在堂上的搗亂，頓時引得同學們哄堂大笑。

在同學眼中，蕭寒就是一個總是有辦法能令最多生字、最令人害怕的生物課變成最受歡迎的老師，而亦由於班上愉快的氣氛，希辰的心情也隨之變好，使他得以在接下來的籃球比賽中發揮出實力，頻頻射中三分球，連素來球技精湛的翔軒的鋒芒也被希辰蓋過。最後在女同學們的歡呼聲中，蕭朗中學成功擊敗了對手。

下課的鈴聲叮叮噹噹地響起，到希辰差不多回到家時已經是下午六時了。在回家的路上，希辰碰見了蕭寒。

「希辰，真感謝你這幾天的幫忙，你永遠都是那麼值得信任！」蕭寒堆起了他那慣常的微笑，使希辰那種奇怪的感覺又湧上心頭。

「蕭老師過獎了，我只不過是盡力做好每件事罷了。老師你這麼晚才回家嗎？」

「對啊，校園祭有很多工作，不過我也樂在其中，青春的感覺真讓人懷念。」

「但是老師不怕嗎？我聽說之前有一名女學生失蹤了，而又碰巧就是今天……」

蕭寒臉上原本溫暖的笑容閃過一絲詫異，但隨即又回復正常，於是便開口說起話來。

「相信你也有聽過關於女孩失蹤的事件了，你還記得當時有一位證人聲稱在音樂室看見了女孩的屍體嗎？那證人其實是我們的清潔工，他待在學校已經有數十年，已是我校的資深員工。不過當警方前往搜索時，屍體卻早已消失，所以他們認為老清潔工產生幻覺。但後來警方發現那名女孩沒有再在學校出現，於是又作出了調查，以案發現場作為線索，再順藤摸瓜，把頻繁進出音樂室的音樂老師王老師列為最大嫌疑犯……王老師是你的音樂老師對吧？我不知道你有否察覺到，聽說她就是因為這件事而受到大家的猜疑，因而開始變得鬱鬱寡歡，在音樂課時播放的音樂都是充滿悲哀的旋律。後來這件事因為沒有太多證據，便成為了懸案，並逐漸地被大家遺忘。不過後來不知怎樣的，這件事又因鬼魂事件而被人重新提起，一直到了今天。老實說，王老師對我們後輩和學生都非常友善和包容，因此我實在無法相信失蹤女孩是被他殺害的……希辰，你只是一個學生，這類事件你都是不要太介懷。」蕭寒淡定地說完大概經過後，便跟希辰道別。

在黑暗的道路上，希辰獨自回家，並陷入了沉思中。

恍惚間，希辰聽見了一把聲音，那聲音就像從遠方傳過來似的，若有若無，淒厲的呼喚隱隱透現出一陣歎息。希辰雖然極度害怕，但比起懼怕，他更想先弄清眼前的情況。想著，希辰亦只好壓下心中的不安，又強作鎮定地道：「你是……」但見他還未說完，女鬼便慌忙回應：「求求你幫助我！我……我是葉凝夏！我是昨晚你夢見的那個女孩！現在整間學校就只有你相信和記得我了！」希辰一怔，又再度想起昨晚那個披頭散髮的女生：難道女孩在三年前真的去世了？我昨晚真的夢見她？未待他反應過來，女鬼又開了口：「我知道你現在必定想不通我在說甚麼，但事情終究會水落石出的……無論如何，請你務必幫助我！拜託了！我是無辜的！我是被他害的！請你為我申冤！」女鬼說完後，便悄然消失了，像飄到九霄雲外一樣。希辰聽完後一頭霧水，一連串問題在希辰腦海中繚繞不散。他想，那個凝夏到底發生了什麼事？究竟誰才是罪魁禍首？女鬼口中的「他」究竟做了甚麼？為甚麼凝夏一直都在埋怨「他」？一個平平無奇的女孩又怎會無故被殺？

接著的幾天，他決定留在校內尋找線索。每天放學後，他都會租借一個活動室來調查。果然，他在音樂室進行調查時，還真的找到一張女孩的照片，這使希辰有點疑惑，並開始懷疑音樂老師就是女孩所說的「那人」。於是，他又立刻翻查照片上的那個日期的網上新聞，以尋找相關證據，結果正如蕭寒老師所說，有一名資深員工聲稱看見了凝夏——

「蕭朗中學一位資深員工聲稱一個女生被殺，但現時仍找不到任何證據，於是記者作出了訪問，該員工提到當時女孩胸口正插著一把刀，有可能是失血過多而死，但後來『屍體』又消失不見。此外，本案最大嫌疑犯音樂老師王女士亦因證據不足而被警方釋放，現在警方把此案件列為懸案……」

希辰的信心開始動搖：難道此案真的與音樂老師有關？又想：這一切真是不簡單，我應謹慎處理，幫助那女孩！現在唯有先繼續尋找證據吧！

春天的雨，一下就是幾天。希辰乘籃球隊不用訓練的日子，便到音樂室繼續調查。但是一連數天他都找不到線索。忽然窗外「轟隆」一聲，天空忽然被擦白了一片，連音樂室內的燈也熄滅了。

此時，希辰的腦海中浮現出一個恐怖的情景……

整天都笑容滿臉的音樂老師突然露出邪惡的眼神、微笑著，用刀刺向女孩的心臟，鮮血從傷口不斷湧出，白色的校服一瞬間就被染得通紅。女孩瞪大眼睛，彷彿不能相信自己眼前所見。

她想呼救，但音樂老師用手捂著她的嘴，並用力按著她不斷掙扎的手腳，使她動彈不得。直至最後，女孩一動不動，死了。

希辰感到很疑惑，但更多的是悲傷和憤怒，他不明白音樂老師和女孩有什麼深仇大恨，令她殺死一個無辜的人。他思索了片刻，決定無論如何，也得向音樂老師王老師問個明白。

隔天一早，希辰為了儘早查明真相，一早便回學校教員室找音樂老師。

「Miss Wong，你好！我有事要找你，我們可以到音樂室談談嗎？」

「早安！」音樂老師對希辰突然的到來感到有點詫異，但她也認得這位「王子」，便跟著他來到音樂室。

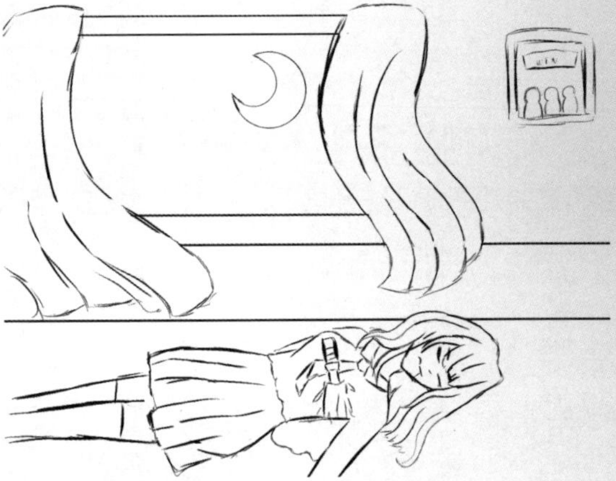

「Miss Wong，你一直也是令人敬佩的好老師……」希辰舉起關於女孩的報導問：「但女孩的屍體為什麼會出現在音樂室？她真的是你殺害的嗎？」

王老師被這突如其來的質問嚇了一跳，但本應生氣的她只是淡淡地回道：「我根本沒有殺她。要是我殺了人的話，警察一早把我繩之以法了！如果你沒有別的事我就先走了，希望你以後懷疑別人也要先拿出證據。」說完便離開了音樂室。

希辰想了想，從音樂老師無奈的樣子來看，她應是正如蕭寒所言，被別人懷疑得太久，因而反應如此平淡。但事實亦的確如王老師所言，要是當時一早有證據，王老師早就被警方拘捕了，而且，如果這個是一場精心策劃的謀殺，屍體就更不會光明正大地在音樂室出現，讓警方找到並拘捕自己。由此推測，音樂老師是殺人犯的可能性可謂微乎其微，其犯案手法更是越想越不合理。想著這，希辰一下子又再度墜入了五里霧中。

正當他徬徨無助時，希辰又聽見一陣若有若無的哭泣聲。「求求你……幫助我……」聽著聲音越發強烈，他開始覺得眼前瞬間變得模糊，一切正在天旋地轉，他也越發覺得自己的心像被一隻魔爪抓著，使他喘不過氣來。暈眩之間，他無助地伸出手，最終無力地跌入一個漩渦中。剎那間，他聽見四周又再次響起先前那次在音樂室令他身體不適的音樂旋律，既悲又慘，既悽且苦，叫他只能無奈地隨著時光的河流漂蕩著。「宋希辰，求你到三年前的這兒來，我的冤情就靠你洗脫了！」臨走前，女鬼凝夏以冰冷的身體穿過希辰的血肉之軀，以讓他保持清醒，並說出了這一句說話。這句話猶如當頭棒喝，令希辰猛然驚醒過來，他發現，此時的自己就正身處在三年前的蕭朗中學的走廊，四周的景物與剛才的不同——他知道，女鬼帶著自己穿越時空去了。

希辰在走廊思考的時候，眼角不經意地瞥向走廊的一角，似乎在搜索甚麼。剎那間，他卻無意看到女鬼生前的樣子。只見她是一個十分活潑的女孩，有著一顆亮晶晶的眼睛，瞇著笑的嘴兒。雖然希辰並不認識女孩，但她的樣子總給人一種溫暖、親切的感覺。儘管希辰想告訴她她會有危險。可是卻怕嚇到她，只能白白地盯著她看。只見她手上拿著一疊厚厚的作業，微微地哼著歌，懵懵的好像在發白日夢。當她朝希辰那邊望過來時，希辰這才發現自己的失態，立刻把頭扭走。「喂等等啊！別走！」女生一邊大聲地喊道，一邊追著因緊張而逃跑的希辰。

第三章：邂逅

「喂，你……站……住，先聽我說！」女生氣也喘不過來地說道，兩人都在狂跑後筋疲力盡，倒在操場上。「我知道自己說不上好看，但你有必要怕成這樣嗎？」女生埋怨道。希辰不好意思地望著她說：「是我大驚小怪了，妳說吧！」「嚴老師說你們班的作業還沒交，吩咐我如果見到你的話提醒你要收作業，哪知道會花那麼大的功夫。」女生無奈地說道。希辰想了想，女生的名字在腦海裡突然閃過：「不好意思，請問妳的名字是？」「葉凝夏，我自己覺得挺有意思的，我猜是希望每個在我身邊的人都能感受到溫暖，就像迎接夏天一樣。」凝夏抬起頭望著蔚藍的天空喃喃說道。「倒是很貼切。」希辰微笑地望向她說，凝夏懵懵地望著他，一時反應不過來。「妳，和妳的名字很貼切。」希辰邊說邊凝視著她。就在此時，球場旁邊的櫻花樹散落了幾片花瓣下來，正好落到兩人身旁。就在希辰撿起花瓣的那一瞬間，和煦的陽光灑落在他的肩上、臉上，讓希辰那本來就炯炯有神的眼睛顯得分外耀眼。凝夏有些看呆了，並被他冷不防的一句弄得措手不及，耳朵立刻變紅了。為了掩飾自己的害羞，凝夏只能用自己的頭髮遮蓋住發熱的耳朵，並慌忙地說：「才不是呢！我其實完全不能表現出活潑來，更不擅長與別人溝通，因此我常常給人的感覺便是孤僻，自己那些掛在臉上的笑容也只不過是偶爾發白日夢時才顯露出來的。」

希辰聽後，不禁黯然：回想起來，以前自己的確沒印象有這個人存在，那時候獨自被人排斥的感覺該是多麼的難受啊！可看看眼前這個女孩，她卻竟然選擇默默承受著這一切，更是不求人們重視她。希辰想著，又不自覺地越發同情起凝夏來。

雖然心裏可憐她，希辰卻不願把這些想法表露在臉上，於是便伸了伸懶腰，假裝慵懶地向凝夏說道：「雖然嚴老師跟妳提及過我，但我還是要自我介紹一下，我是——」「宋希辰，隔壁三甲班，籃球隊控球，三年都包攬了中英數的獎學金。」凝夏接著說道。希辰用不可思議的目光望著她：「妳怎麼知道得那麼詳細，妳……該不會喜歡我吧？」「……你都在想些甚麼呢！你該不會不知道自己是校內的風頭人物吧！有關你的任何東西可都是傳遍四方的。」凝夏聞言便忍俊不禁地推了一下希辰。希辰裝作真的被打疼了，便做出一個委屈巴巴的樣子，逗得凝夏笑了起來：「喂，是時候上課了，有什麼事之後再聊吧！」希辰看了看手錶，的確該回去了，就連忙跟凝夏道別，然後衝上課室。

這一節課是數學，希辰收拾起自己的心情，回到座位上。希辰對自己中三時候的座位十分清楚，因為他當初就是因為這個座位，認識了他的好友金翔軒。“pa+pb+pc=p(a+b+c)”希辰在密密麻麻的筆記本上寫各種算式。「喂，你剛剛去哪了?」翔軒在旁邊小小聲地問道。「我沒有去哪。」「你明明就有！」「我沒有。」「那為什麼我花了大半天也找不到你？」翔軒一直在旁邊纏著他，而希辰也懶得去回應他，繼續認真答題。在希辰眼中翔軒是個很真摯的人，他從來也不會掩飾自己，會很直接地表達自己的喜怒哀樂，這也是他一直很欣賞翔軒的地方。希辰望著三年前的翔軒，只見他側過臉，撥了自己的頭髮，朝自己自信地笑了一下，然後繼續做功課，看著，希辰做出一副想吐的樣子，更確信他真的沒有任何變化——還是那麼的自戀。翔軒瞥了一下希辰的作業，就發現一件奇怪的事，「現在才 2024，你怎麼就填了 2027 年呢？難道你是穿越過來的？！」翔軒半開玩笑地說道，本是想嘲笑他，卻沒想到希辰身體猛地顫抖了一下，慌張地擦去作業上的日期。這舉動使翔軒心裡多了一份懷疑，但是他認為希辰可能「遊魂」了，只是偶然不小心寫錯而已，就不作多想。

希辰一邊收拾著書包，一邊猶豫著凝夏的事情該從哪裡入手。「這件事可棘手得很，唉，她看起來很正常啊，到底她是怎樣被殺的呢？她看起來也不像被欺負了，是老師嗎？還是同學呢？天啊，實在太難了！」希辰充滿了各種的疑惑，他望向旁邊正在看漫畫的翔軒。「欸，你認識葉凝夏嗎？」希辰小心翼翼地問道，他一方面很想知道更多關於凝夏的東西，一方面又害怕他的秘密會被拆穿。「不認識，噢等等，是女生！喔喔喔，你喜歡人家了嗎？」只見翔軒的頭突然從漫畫裡冒了出來。希辰一手就把它按了下去，然後背起書包揚手而去，因為他很肯定好奇心強烈的翔軒會在下一刻便會追著他跑來。果然，此時遠處的樓梯也能聽到翔軒的呼叫：「喂等等我啊……」

過了一會，希辰又到了圖書館。「在未有證據前就下結論是很大的錯誤，有人不知不覺地扭曲事實來把理論合理化，而沒有以理論來推斷出事實來。」希辰翻著手上的《波希米亞醜聞》，看到這一句時心裡更是不住的震動，他開始想，會不會是自己太早下定論呢？會不會太早排除了一些嫌疑人呢？希辰暗叫不妙，又從書櫃上拿起了另一本書，企圖掩飾自己心中的慌張。正當他抬頭一看時，卻赫然在書與書的縫隙中看見剛好在書櫃後看書的凝夏，都不知是甚麼原因，低著頭的凝夏好像察覺到希辰的眼神，抬頭迎上了他呆滯的目光，這樣突如其來的對視讓氣氛頓時尷尬起來，兩人同時不知所措地避開對方的眼神，凝夏更是緊張得屏著了呼吸，手心冒汗，而希辰則搔一搔頭，向她投送了一個尷尬的微笑。「妳也來學校圖書館了！」希辰走過去書櫃的另一面，跟凝夏打了個招呼。「嗯，就是純粹想來感受一下平靜的氣氛。」凝夏淡淡地說道。「那麼……如果妳不忙的話，我們可以坐下聊聊天嗎？」希辰指向靠窗的桌子問道。

「怎麼了嗎？第一次看到你這麼認真。」凝夏挑了挑眉問道。「什麼嘛，我一直也是個認真成熟的人，看來早上我給了你一個不太好的印象。」希辰嘟著嘴，之後又忍俊不禁笑了起來：「別那麼緋緊著，放鬆一點吧！老實說吧，我很想跟妳交朋友。所以容許我正式地介紹一下自己，希望能改變你對我的看法。不要看我在別人面前是那麼的能幹，其實在背後我還是個不折不扣的大傻瓜。妳一定感到很驚訝吧！但是這是確確實實的。還記得我小學的時候，那是當我開始投入各種隊伍裏，也是我成績開始比較突出的時候，身邊總出現各種想來奉迎我的人。當時我被這些光環衝昏了頭腦，竟然把虛假的友情信以為真，以致我忽視了那些真正的好友，日漸跟他們疏遠了，最後我剩下的只有那些虛假的朋友。然而他們得到利益後都離開了我，最後只剩下我孤單一人。回想過來，這豈不是自己造成的嗎？妳說我傻不傻？幸好來到這間學校後，我學會分別哪些人是另有企圖，哪些人是可以心照神交，才能交到現在的朋友。」希辰說完後悄悄地望向凝夏，他這番話除了是講述了自己的經歷外，還是在暗暗提醒凝夏要戴眼識人，有些人要防，不能完全信任別人。希辰知道自己沒可能一下子知道背後的那個人是誰，只能靠凝夏自己去摸索。凝夏低下頭，苦笑了一下：「要是你這樣叫傻，那我可能就是馬戲團裡的小丑了。」希辰全神貫注地聽著。凝夏突然看了看時鐘：「抱歉，我有補習班要上，下次再約吧！」就跑出了圖書館，留下希辰一人坐在軟椅子上，獨自一人沉思著剛剛的對話。

不久，希辰在家中擦擦原本充滿霧氣的鏡子，他望著鏡中的自己，不禁嘆了口氣，他知道自己能做的並不多，唯有默默地陪伴著凝夏，直到那事件發生的時候。他承認自己經歷的絕對沒別人多，他的人生事事順利，苦難倒是沒經歷太多，所以他自己真的沒辦法可以短時間明白他的感受，更遑論去安慰別人。「可能……最好的安慰就是陪伴吧。」希辰想著。他躺在床上，瞪著天花板安靜地思考著。這時，放在一旁的手機突然震了一下，本以為又是「麥當當」提醒自己有優惠……「嗨，你好我是葉凝夏。」希辰把訊息反覆地讀了幾遍，然後才反應過來：幾天前，在圖書館遇到凝夏時，順便交換了聯繫方式。想著這，他連忙地回了幾句，然後不知不覺地把嘴角向上揚，並輕輕地說了一聲「晚安」。

星期五放學，是籃球隊最忙碌的時間。「唷，好球！」「阿斯，差一點！」「喔喔，阿天接著！」籃球場上傳來陣陣的大叫聲。籃球隊的隊員紛紛走向看台，拿毛巾擦汗，拿水解渴。希辰忽然見到在看台的遠處有一個熟悉的身影，向自己瞥了一眼，然後又低頭幹活。「怎麼了？」希辰把凝夏的耳機從耳朵裡拔掉，這時她才知道希辰微蹲在她的旁邊。她迅速地把手上的東西收進背包裡。「不好意思，打擾妳了嗎？剛看到妳自己一個人坐在這裡，所以過來打個

招呼。」希辰問道。「哪裏哪裏！你不用去練習嗎？不怕耽誤你的時間嗎？」凝夏反問說。希辰轉頭望向隊友們，卻迎上了他們八卦的眼神，他們的嘴巴更是早已朝著自己笑不合攏。為免讓凝夏尷尬，希辰也只好無奈地走回去。「那個便是葉凝夏了嗎？」金翔軒把手搭在希辰的肩膀上，他恨不得就在此刻問過清楚明白來。「你跟她什麼關係，你說。」他倆都靜默了片刻，希辰心想：「我說是朋友他肯定不信，如果說是幫她報仇的，那更奇怪。」於是他回答「很難說。」翔軒氣得給了他一個白眼，但都不再問他，因為他知道希辰的性格，他可是一個甚麼都強迫不來的人。不過，其實連希辰自己也不知道他倆是什麼關係，他們認識快三個月了，然而什麼事都還沒發生。希辰在這個不屬於自己的時空裡感到很是迷茫，他對自己要做的事情感到很焦慮，明明那個要幫助的人近在眼前，但又好像沒有任何可以讓他插手的事。在這三個月裡，他們變得更熟絡，彼此放下了戒心，可是一切都很沒真實感，這令他感到無比的沮喪，他不想把對方當成遊戲裡面的 NPC，為了相處而相處，從而過關，這不是他想要的。

有一天，希辰突然發現在學校見不到凝夏，甚至在社交媒體上也找不到她。這讓希辰很是擔憂，他怕那一天已經臨到，自己卻未能阻止它的發生。希辰每天經過凝夏的課室都會留意凝夏的位置，但是一天一天過去了，凝夏卻還未回來。直到大概兩個星期後，希辰突然在放學的時候，看到凝夏在擦黑板，但無論希辰多用力地呼喚著她，凝夏就像一個木頭公仔似的，神態異常地僵硬，只是不斷地重複著擦拭的動作，沒有絲毫反應。希辰更發現，凝夏那本來充滿光芒的眼睛，今天卻變得毫無光彩。頓時，希辰完全被眼前的情景震懾住了，他的心也隨著每次的呼喊跌進谷底，他歇斯底里的吶喊彷彿只有自己聽到。這時，在班房外放著一批的簿子中，其中有一本就好像衝著希辰的擔憂而來的，無言地掉了下來，並不偏不倚地落在他的腳旁……

第四章：撲朔迷離

這本是一件再平常不過的事，希辰正想把簿子放回原位，但「葉凝夏」三隻字卻立刻吸引了他的目光。這時的他也顧不上私隱甚麼的，直覺告訴他這本簿子有他想找的線索。他緩緩翻開簿子，發現這是一本週記，「那應該有記述一些關於凝夏的事情。」希辰想。果然，這本週記雖然看起來沒甚麼特別的，但從凝夏記述的事件中不難發現凝夏的心理狀況，從本來記趣的週記慢慢變成記一些傷心的事情，而且凝夏的情緒也是比較悲觀的。希辰想：「或許這是一個突破口，凝夏的情緒轉變應該是有原因的。」他回想起那個似夢非夢的穿越。雖然時間並不太長，但凝夏的性格他還是清楚的：她外表看起來孤僻，週記上的自我介紹也不自信，但肯定沒有週記中所寫的那麼悲觀，究竟凝夏經歷過甚麼……想到這裡，希辰總算是理清了思路，他看向週記，突然發現了幾頁被撕毀的痕跡，於是又開始自言自語起來：凝夏的人際關係雖算不上好，平常也沒甚麼人留意她，但她本性不壞，人們對她的憎恨應不會到撕毀她的物品這般嚴重的地步。再者，即使她受到欺凌，欺凌者也不會專挑一本平平無奇的週記下手，而他們從中亦不可能得到任何利益。那如此平凡的一個女生，她的週記又怎會無緣無故被人撕毀？凝夏的社交圈子不廣，所以可先排除有關社交問題的緣故，而惟一能解釋的便是週記中有對幕後兇手不利的內容，因而迫使幕後兇手不得不銷毀證據，以阻斷其調查去路。但這些內容又寫著甚麼？與凝夏的死又有何關係？希辰轉念一想。剛剛才理清思路的他，又陷入了沉思。

突然的上課鈴聲把希辰從思考拉回了現實，他把週記著急地塞進書包後便趕去了上生物課。當他到達實驗室後，蕭寒已經開始教學了，希辰連忙道了歉便回到了座位，翔軒輕拍了一下希辰，語氣略帶擔心地問：「你最近怎麼了？怎麼總是神不守舍的？發生了甚麼不好的應該告訴我，我幫你分擔嘛。」希辰把頭轉後，朝翔軒無奈地笑了笑，心想：「雖然不想讓翔軒擔心，但還是不要讓他知道好。」望向翔軒的希辰絲毫沒發現背後一雙眼睛正盯著他，嘴角揚起一抹不易察覺的笑。

放學後，希辰又繼續埋首在圖書館中，他忽然想起之前在圖書館找的那本書——《怨》。因為上一次的身體不適，他沒法好好看這本或許與凝夏有關的書。為了查明真相，他再一次找到了這本書。希辰強忍著身體的不適，捂著頭打開了這本書。當他看到了作者的名字後，頓時不寒而慄，因為眼前的名字正是蕭寒。當他正打算閱讀時，他忽然想到了甚麼，他匆忙借用了圖書館的電腦上網尋找關於這本書的資料，又慌忙問了圖書管理員，可都一無所獲。詭異得像是所有關於這本書的資料都被消除了，又像只有希辰自己才能看到這本書。一切都來得太過突然，雖然這些線索都認證了希辰的猜測，但他還是不太相信平時待人溫文爾雅的蕭寒老師與凝夏的死亡有關。希辰拖著疲憊的身軀一人走在無人的小巷裡，突然偶遇了蕭寒。經歷過剛剛的種種，希辰敏銳的直覺告訴他這次的相遇絕非偶然。

見希辰沉默不語，蕭寒便首先打破了僵局，問到希辰為何怎麼晚才回家，但這些再普通不過的問題，希辰也要沉思過再回答，擔心自己被蕭寒套話了。突然，不知怎麼的，蕭寒突然說起了關於學校失蹤女孩的事，又問希辰的想法。正因為蕭寒的問題，不免令希辰變得更警惕，他想了想，以客觀的態度回答了問題，也暫時消除了蕭寒對他的懷疑。告別了希辰後，蕭寒的神情變得陰冷起來，但一切都盡收在希辰的眼底，剛剛發生的一切令他對蕭寒的懷疑更加肯定。

回到家中的希辰，急忙把自己鎖進臥室裡，連晚餐也不吃便開始推想今天發生的事情。首先是今天的那一本週記，雖然希辰已經大概明白了凝夏的心理情況，但那幾頁被撕毀的週記究竟記述了甚麼，令兇手寧願冒著被懷疑的風險也要撕下來？其次，是那一本叫《怨》的書，為什麼只有他自己才知道那一本書？又為什麼每一次靠近那本書都會有強烈的不適感？最後，蕭寒老師為什麼總是詢問自己關於學校失蹤女孩的事？難道一切都是蕭寒策劃的？音樂老師就是他誣陷的？

希辰腦子裡的疑問和線索實在是太多了，龐大的信息量令他心神疲憊，在把所有的線索寫在自己的筆記本後，他便入睡了。當希辰睜開眼睛時，他又看見了凝夏，他自己也分不清楚這是夢境還是又穿越了，他又回到了和凝夏最初相遇的時間。或許這是一次能再次拯救凝夏命運的機會，他正想衝過去抓住凝夏時，蕭寒突然出現，把希辰從夢境中拉回了現實。或許這個夢境正是在預示希辰拯救凝夏的路會非常艱難，又或是希辰根本無法拯救凝夏，但即便是這樣，希辰還是不希望放棄，他相信自己一定能把凝夏從蕭寒的魔爪救出。

過了好幾天，希辰還是沒有半點關於凝夏的線索，他嘗試過主動尋找凝夏，也曾找尋關於穿越的資料。這時希辰才意識到一直以來都是凝夏向自己求救，既然已經下定決心要救她就必須找到凝夏。希辰跑到了走廊想起了他和凝夏最初的相遇，那個燦爛的笑容正是他想拯救的。

突然，一股吸力把希辰從回憶中拉了出來，那個熟悉的感覺讓他揚起了微笑，他知道這次一定要好好地，把凝夏從幕後黑手中拯救出來。

隔天早上，正如希辰想的一樣，他又再次穿越了，他看了看日曆，正是凝夏失蹤前的一個星期。這次的他並沒有著急地去尋找線索，反而是先去找了凝夏。再次見到凝夏時，希辰的感覺就像失而復得，他剛想上前和凝夏說話，凝夏就被他嚇到了。為了方便以後向凝夏解釋關於幕後黑手的事情，當然也是避免凝夏把希辰當作瘋子。希辰略帶尷尬地說：「對不起，把你嚇倒了。」沒想到，未待凝夏反應過來，翔軒便突然蹦了出來，玩味地說：「你女朋友？還是暗戀對……」還沒說完便被希辰捂住了嘴巴。當希辰再看向凝夏時，她的臉頰已經變得通紅，當希辰和她對視時，更是直接跑開了。這時突然傳來翔軒的咳嗽聲，原來希辰剛剛一直沒鬆手，把翔軒都弄窒息了。希辰一鬆手，翔軒便開始了八卦模式，開始問起各種關於凝夏和他的問題。這時上課鈴聲的響起，屬實是救了希辰「一命」，他立刻逃離了這裡。

下課後，希辰剛想為剛剛的失態向凝夏道歉，便被一群女生包圍了起來。希辰略帶生氣地看向翔軒，沒想到他竟然做出了一個「不謝」的手勢便逃離了現場。看到翔軒離開了，女生們心領神會，現在唯一能救出希辰的翔軒都走了，那希辰就是她們的了。他們爭先恐後地問：「那女生是誰啊？」「希辰哥哥不會有女朋友了吧？」「希辰哥哥只能是我的」「甚麼呀？希辰哥哥是我的。」當希辰都快被女生們淹沒時，翔軒才像「救世主」一樣大吼道：「你們的希辰哥哥要打籃球了，麻煩讓一讓開。」就這樣，希辰的每一個課間休息都被女生們包圍著，根本無法抽身去找凝夏。直到放學後，他們才暫時地放過了希辰，希辰立刻便跑去找了凝夏。

當他找到凝夏時，他正在草地上放空。希辰悄悄地走到凝夏旁邊躺了下來，凝夏看到希辰後，又害羞了起來，但還是強裝鎮定地問：「你怎麼又來了？」希辰愧疚道：「我是來道歉的。都怪我，突然跑來問你做朋友的事，然後又搞得朋友起哄，真的好抱歉。但我還是想問問妳能做我朋友嗎？」當希辰轉過頭時，才發現凝夏雙眼通紅，眼泛淚光，一時把希辰弄的手足無措，趕忙安慰他。凝夏笑了笑，對他說：「沒事啦，我不是傷心，只是有點感動。一直以來都很少人主動和我交朋友，更多的是不合群和別人的惡意。也沒有人會向我道歉，或許是因為我沒什麼存在感吧，反正我真的好感謝你。」希辰心疼地看著她，心中拯救凝夏的想法更加堅定了。

放學後，當希辰和凝夏正在聊天時，凝夏突然說起了關於他朋友失蹤的事情：「希辰，你是學校的風頭人物，認識的人一定很多吧？我有一個朋友，最近失蹤了，我在各種社交網站上都找不到她，你可以幫我找一找她嗎？她人很好的，是為數不多對我好的人，所以我真的很珍惜……」希辰聽後，認真地想了想：「看來事情並沒有那麼簡單。」

第五章：失蹤疑雲

希辰明白，此事的發展已變得越發不尋常，他甚至不清楚那個在背後操縱一切的人會對凝夏作出甚麼行為。想著這，他深吸一口氣，以鎮定自己心中的不安，並迎上了凝夏期待的眼神，盡力擠出令她安心的微笑：「放心吧！我會找到你的朋友，但你自己也要小心，切記不可衝動行事。」

說罷，他輕嘆一聲，隨後站了起來，打算回到教室。可他沒走幾步，便感覺到有人拉著他的手，他回頭一看，只見凝夏遲疑片刻，像下定決心似的說：「希辰，我不知道自己是否會錯意了，但我總覺得你最近心事重重，其實如果你有煩惱的話，我建議你找蕭寒老師談談。」希辰赫然一驚，他感覺到「蕭寒」二字在他的腦袋裏產生了反應，一股電流從他的身上遊走，叫他心裏直發毛，但又說不出當中的不妥。

「你指那個生物老師？雖然他平常待我們很好，但也不見得他願意聆聽我們的心聲啊。」他一面說，心裏一面對凝夏的建議感到詫異。凝夏聽後，不禁失笑起來：「這倒不是，他平常對我很好，更不是一般的好這麼簡單，每次他在課堂後，都樂意教導我不懂的地方，他甚至明白我被同學排擠的煩惱，每個小息都來找我聊天。他那磁性的聲音和強烈的親和力，總是讓我感到莫名的舒適，令我更想與他談心……」她說到這裏，心情變得落寞起來，眼簾更不自覺地垂下：「你知道嗎，前陣子我又被同學恥笑，自己心愛的書包都給他們扔到垃圾桶去，我心裏難過得很，於是兩個星期沒上課。有天我獨個兒擦黑板，更是寂寞得想哭，我只好將一切寫在我的週記中，希望有人看見，可沒想到情況仍未轉好……不過，經過蕭寒老師的安慰，我似乎好了些。我頭上那個髮夾都是他送的。」她又指了指頭上，希辰循著看去，只見那是個漂亮的貝殼狀夾子，便說：「你開心就好。」

這時，凝夏的眼神突然變得呆滯，神情恍惚，那本該向上彎的微笑無故地塌下來。不久後，她又捂起頭來，沒頭沒腦地唸叨著：「頭好痛……實驗室……對，去實驗室，我就沒事了……」

「凝夏！你醒醒！」希辰見狀，凝夏那天擦黑板僵硬的神態又再度在他腦海中閃現，並與現在的她漸漸重疊。他嚇得方寸大亂，並急匆地搖著凝夏的肩膀，企圖讓她清醒起來，他不能夠接受凝夏在自己眼底下發生意外。幸而凝夏很快便停止了奇怪的行為，她搖了搖頭，似乎不知道剛才發生的事。希辰不可置信地說：「凝夏，你……最近也會變成這個樣子嗎？」「甚麼樣子？說起來，我好像自從上次與蕭寒老師見面後，其後每天也會有短暫時間失去意識，但沒多久就會沒事……」希辰聽罷，心裏的焦慮不斷衝擊他，強烈的恐懼感在內裏洶湧著，好像下一刻就會把他吞噬。「你照顧好自己，我先走了。」他說著，又站起來快步走去。

可自從那天開始，希辰發現，學校怪事不斷。

他留意到，不同的班別都總有一兩個座位空置了，隨著時日增長，空位也逐漸變得越來越多，且空位的出現亦分佈得越來越分散，而原先不見的人已由一個變成了七八個，經希辰多次追問，確定真有人消失了。原本以為都是平常的請假休息，但她們卻從缺席那天起就再沒出現過，就連在社交網站也找不到她們。叫希辰不寒而慄的是，失蹤的人全都是女生，更巧合的是，她們均是蕭寒老師的崇拜者，更常常讚美他的友善態度。再者，她們大部分都是被人遺忘的一批學生，縱使希辰怎樣努力追查，大多同學都不曉得她們的名字，只知道她們都與班上的同學格格不入，異常孤單。這個似曾相識的情景不禁令希辰想起班長先前說過的話。想著這，他頓時醒悟過來——女孩們失蹤了。而他亦知道，那人的惡行，亦就在此時拉開了序幕。

失蹤事件在校內越鬧越哄，大家眾說紛紜，有的說她們集體逃學去了，但有的又說她們的家庭出了問題，要避避風頭。無論怎樣都好，希辰滿腦子都只想著凝夏，擔心她會成為下一個目標，無論如何，他都無法忍受一個善良的孩子會被人欺負。

想著這，有人突然用力在後拍拍他的肩膀，此人正是翔軒，只見他不懷好意地笑了笑：「啊哈！在這兒想你女朋友麼？」希辰的臉刷地變得通紅，隨即白了他一眼，並沒好氣地說：「你可真是專門添麻煩的人。再說，我哪來的女友？」「甚麼嘛！我倒是要告訴你一件事，前陣子你不是經常與那個凝甚麼夏的見面的嗎？我見她以前常常與另一名戴眼鏡的女生在一起，她好像是我們同班的人。有次我好奇問凝夏，她說那個叫廖曉晴的女生是為數不多對自己好的人，因此每次小息我都會見到她們有說有笑，但後來她好像成為失蹤者之一，我就再沒見過她，凝夏也因此變得越來越孤獨……所以說你啊，你有空就安慰一下人家吧！」希辰聽後，想起班上好像有這樣的一位女生，在生物課上，她總會積極回答蕭寒老師的問題，看來又是他的崇拜者之一吧，原來她就是凝夏那位失蹤的朋友。希辰趕忙說：「先不說這個，那位女生有甚麼特別？」「你問這個來做甚麼？她不都是喜歡自己一個人安安靜靜做事的人吧……對了，她消失前那幾天，我看見她經常在校務處休息，經常捂著頭喊好痛的樣子，又說甚麼實驗室甚麼的，總之就是不讓人碰到她的髮夾……」

「貝殼狀的，對吧？」希辰用試探性的語氣問。翔軒聞言瞪大了眼睛：「你還真知道的啊！我以為你不知道，這是最近在校內很多女生戴的頭飾來的。」

這時，一個女生在希辰面前突然倒地。希辰和翔軒嚇了一大跳，趕忙跑去扶起女生。只見女生捂著頭，面容蒼白，細長的髮鬢間隱約可見一顆顆豆大的汗水。希辰示意翔軒去找老師幫忙，自己直盯著女孩的髮夾細看，細心的他發現，髮夾上有一些微小得幾乎看不見的零件和管道。他遲疑片刻後，決定幫女孩把髮夾摘下。正當他伸出手時，女孩果真如翔軒所言，用手緊緊捂著髮夾，希辰費了很大的勁才能拉開她的手，並成功拿下夾子，把它戴在自己的頭上。他猜想，這個髮夾應是蕭寒老師設的局，先以虛情假意博取心靈脆弱的學生的信任，再以髮夾為送給學生的禮物。蕭寒老師的送禮只是煙幕，他背後一定有些不為人知的動機，促使女孩連環失蹤的出現，因此可以假設，這個夾子有不妥的地方，說不好還可用來連接人體右側腦以至額葉部分，令凝夏以及其他女生出現短暫的異常行為。想到這，希辰決定以身犯險，親自探個究竟，以便營救凝夏和眾人。

一戴上髮夾，希辰腦海就浮現大片大片的雲霧，漸漸地響起一陣若有若無的哭聲，既悲又慘，既悽且苦，叫他想起先前在音樂室那悲哀的樂曲。下一刻，他就感覺到自己的腦海浮現出音樂室的內部空間，他看見音樂室暗角的牆壁正逐漸變成透明，最終形成了一道拱形暗道。希辰讓自己變得專注起來，利用思維探測著暗道的出口。此刻的他感覺到自己的心靈彷彿正與現在的旋律互相交錯，又推進、穿插、返回，最終引領他到了暗道出口處——學校雜物房的暗格裏。

這時，雜物房牆上的一塊磚塊微微扭動，一道只及肩的門口悄息無聲地顯現，希辰動了念頭，指揮自己的思緒進去門裏，只見內裏是一個陰森可佈的實驗室，無數的試管、剪刀、試劑瓶在藍色的燈光下格外顯眼，旁邊更綁著一個個似曾相識的女孩，她們都被膠布封著口，乍看之下應是先前被催眠了的失蹤女孩，幸好，她們都只是暫時被迷暈了，並沒有甚麼大礙。抬頭一看，只見牆壁上掛著一篇篇剪報，不謀而合的記載著多年來器官販賣的報導。希辰心裏暗暗吃驚，原來學校裏有秘密的傳聞是真的。他從未想過音樂室的牆壁後竟有一道不為人知的暗格，而這個通道竟然是通往一個他從未見過的實驗室，最令他感到驚奇的是，身為老師的蕭寒竟會利用那些崇拜他的女生，利用暗格來進行一場精心策劃的謀殺，為了成全他的一己之利，而讓凝夏在三年來默默承受著巨大的心理折磨。得悉一切後，蕭寒卑鄙無恥的行為使希辰陷入瘋狂之中，猛烈的怒氣逼使他由思緒中返回現實。

黑紗，又再度神秘的籠罩在眾人的心裏、在希辰的心裏。

「希辰！你夢遊到哪去了？」翔軒爽朗的笑聲從他身旁傳來。「啊，沒甚麼。」希辰應道，卻發現自己站在雜物房前面，內裏並無任何移動過的痕跡，而清楚記得剛才的事，他猜，可能自己曾經穿越時空，與這裏的其他人都不同，擁有特殊的狀況，所以他戴上髮夾後並沒有被消除記憶。正當他急著要走進去時，翔軒及時拉住了他：「慢著，你還是先歇一會吧，你剛才已經不知怎的自顧自的到這兒來，我怎樣叫你也毫無反應，又聽你說甚麼實驗室器官之類的，和剛才的女孩根本就是一個樣子嘛！幸好我已幫助那個女孩送到校務處了……咦，女孩的髮夾怎會在你頭上的？難怪那個女生吵著要夾子了，原來是……」話未說完，希辰已摘下髮夾來，打斷了翔軒說話，他記得，這個夾子也曾經出現在凝夏頭上。這時，他腦子裏閃過凝夏的笑容，她那天異常的反應與剛才的女孩漸漸對上，霎那間，所有的線索以及事件在希辰的腦裏一一連接起來。

蕭寒老師、器官販賣、賺錢、女孩失蹤、凝夏，這幾個字詞正在他的思緒中團團轉，這一刻，他頓時明白了，他明白了凝夏失蹤背後的玄機。

「今次真是謝謝你，翔軒。」他笑了笑，這句話倒是弄得翔軒莫名其妙，但他也客氣地拍拍希辰的肩膀，「你沒事就好。」聽罷，希辰的心開始越發沈重，他知道，那人的魔爪已逐漸靠近凝夏，而以蕭寒的心態，自己亦肯定成為了他的目標之一，因此他必須要做點甚麼，他也有了最初穿越到來的幹勁。

一星期眨眼過去，這件事亦逐漸被沖淡，大家就索性把女孩們當作從未出現過，只有希辰，仍然為女孩們擔心，更是為著凝夏擔憂。他不敢跟凝夏說她朋友的真相，但同時間亦暗中裝備自己，作好隨時保護好凝夏的準備，並鼓勵她與自己談，以減少與蕭寒老師的接觸。但他卻沒有想到，那人已在實驗室裏密謀對策，使凝夏的處境比他想像的更為嚴峻⋯⋯

第六章：未來的訪客

距離凝夏遇害的時間，也就只剩數小時了，希辰整天上課都心不在焉的，一度煩惱著自己該不該跟凝夏坦白。因為他知道，倘若不抓緊時間，恐怕這次穿越時空為凝夏中冤的任務就泡湯了，而其結局也就不能改寫，無辜的女孩也就這樣死去；可是以凝夏對蕭寒老師的崇拜和仰慕，一定不會相信他說的話……

這時剛好是午飯時間，翔軒又再一次不合時宜的走到希辰身旁，並詢問他關於他和凝夏的事情。縱使希辰都很希望能和翔軒解釋清楚，但他眼底下就只有找凝夏的首要任務，於是又別過頭來，堅決拒絕了翔軒的問話，正當希辰想著如何能擺脫翔軒的糾纏時，凝夏卻從遠處出現了。他一看見希辰，便面有難色地快步走來，並結結巴巴地說：「希辰，我……我……」

「怎麼了？」希辰溫柔的問道，站在一旁的翔軒頓時好奇心爆發，露出了一副看戲的樣子，靜靜地聽著他們兩人的對話。

「我記得你說過，叫我減少與蕭寒老師的接觸，但我覺得你對他可能有些偏見，在我看來，他就是一個善解人意的老師，他有多受歡迎更是人盡皆知，我實在想不出我有甚麼理由要與他斷絕來往。他今天小息找我，說我這幾天有遇到甚麼不愉快的事情也可以跟他傾訴，並約我放學後到音樂室彈奏幾曲，讓我欣賞一下他的演奏來舒緩緊繃的心情——我不敢肯定你對蕭寒老師的提議會有甚麼感覺，所以想問問你的意見……你說，我該答應嗎？」突如其來的事態發展隨即殺了希辰一個措手不及，他聽到「音樂室」三字，頓時想起凝夏的屍體曾在音樂室被發現的。想著這，希辰這才驚覺起來，蕭寒也許早已認定了凝夏這個謀殺目標，甚至盯上了自己，因為他除了髮夾這個方法外，竟然還準備了後著，企圖以虛假的同情心約凝夏來殺人滅口。說不定，他臨時改動計劃是因為察覺了希辰的異動，因而造成現今的情況。想到這兒，希辰暗叫不妙，要是他的推測沒錯，希辰亦肯定會自身難保，那麼單槍匹馬的自己就更難保證凝夏的安全，無法為她伸冤了。

口直心快的翔軒此時哪會放過插嘴的機會，只聽他吃吃笑地打岔道：「咦咦咦——我的好兄弟！你女朋友是在徵求你的意見呀，證明你在她心中有一定的地位吧！她與異性老師赴約也得要你同意呀！」

本已心煩意亂的希辰被他這樣添油加醋，焦躁得快要尖叫起來：「你這是在胡說甚麼呢！我只是……」

未料，希辰由於表現得太激動，手舞足蹈的他不小心用手推了一下桌子，凝夏的日記也在劇烈的推動中從抽屜掉了下來。凝夏看見自己的日記竟被一直信任自己的希辰搶走，登時又氣又急，她強壓下心中的震驚，冷冷地說：「天啊！我的日記！它怎會出現在你的抽屜裏的？你又為何要偷看別人的秘密？」

「不是這樣的！只是那天班房外的那批簿子中掉下了這本簿子，我才……凝夏，真的很抱歉，我知道這樣干犯了你的私隱，可是……」

「宋希辰，我真想不到你是這麼的過分！我的經歷，並不需要得到他人的同情和安慰！」凝夏歇斯底里地嘶吼著，又轉身拾回週記，意憤難平地留下一句：「我對你很失望！」

話剛說完，她又氣沖沖的衝出班房去。希辰滿懷愧疚地嘆了口氣，接著又急起直追起來。追到樓梯口時，眼看凝夏又要逃跑，希辰急忙抓住凝夏的手腕，對她說出了真相：「凝夏！你知道嗎？當我看見週記上你的名字，便想從中找出線索，你一定不會相信，但蕭寒他真的是那個綁架失蹤女孩的幕後兇手！曉晴也深受其害！你也是他的目標來的！請相信……」

「夠了！裏面寫的內容，你都看過了吧？」凝夏甩開他的手，不過今次她沒有再逃跑，反而站在原地漸漸抽泣起來：「……為何從來只有我要獨自承受這一切外界的壓力？是因為我愚笨嗎？還是因為我出身平凡，別人瞧不起我？希辰，你在學校是大家的偶像，這些事情你自然不曾遇過……但我希望你明白我被排擠的感受！我只想找一個像蕭寒老師般溫柔的朋友，可以永遠的聽我傾訴，讓我自己安心地生活下去……」

聽到這番悲憤的訴說，反倒是希辰有點不知所措起來，他這個人對感情這回事的反應比常人遲鈍，更別說要安慰正在哭的女生。不過此刻的他卻深深感受到凝夏內心深處的痛苦，溫柔體貼的他於心不忍，便遲疑地從口袋裏拿出一包紙巾，取出一張遞給凝夏。凝夏擦了擦眼淚，又哭哭啼啼地說：「希辰，我在週記寫了太多負面的事，我怕被別人看到又會取笑我，而且我也不知道為什麼自己的情緒會變得這樣低落，就是經常想要哭似的……」

希辰沒作聲，只是在她身旁默默聆聽和陪伴著她，但未等到他作出回應，凝夏便揭開了她的週記，並驚奇的發現中間有幾頁被撕走了，於是她立刻問希辰：「天啊，希辰！你到底是怎麼了？你不會真的把它們撕下來吧！即使是掉下來的，你也不應該拿走的吧！」希辰聽罷，慌忙矢口否認：「我從來也沒有這樣做！我發現時，這幾頁已經被撕毀了，不過我認為是幕後兇手為了不讓其他人發現你的悲觀情緒以及你朋友的事而引起懷疑，才會銷毀證據，而這個人一定是蕭寒，他就是那幕後兇手！凝夏，雖然我沒有看過你的週記內容，但那幾頁是否關於你朋友失蹤的？」「你怎麼會懷疑蕭寒老師是幕後兇手？慢著，甚麼幕後兇手？你這是甚麼意思？你又怎知道被撕掉的幾頁寫了甚麼？」凝夏又再次崩潰了，希辰想要解釋自己是穿越過來拯救她的，但他又同時間意識到這麼唐突的話是很難說服她，凝夏更可能接受不了這樣的事而受驚。

希辰把雙手搭在凝夏的肩膀上，希辰那擔憂的目光，迎上凝夏那哭得紅通通的眼睛，他們就這樣對視著，氣氛霎時變得尷尬起來，卻和動漫中的深情對望又有幾分相似。過了片刻，希辰終於開口：「凝夏，我明白，蕭寒老師受到很多你們女生的喜愛，而且他對你很好，當你煩惱的時候，他會安慰你。可是你有沒有留意到很多失蹤的女生，也包括你的好友，還有你，都是戴著你頭上那個蕭寒老師送的髮夾？而且她們都是愛慕他的粉絲呀！所以說，這次的失蹤事件不是意外，而是人為的。蕭寒就是特意選這些被人遺忘的學生，利用她們心靈的缺陷來引誘她們，並用髮夾控制她們的思想，藉此把她們殺死，再賣掉她們的器官來賺錢——而你，更是蕭寒精挑細選的目標，因為他知道你比任何人都要孤單，所以蕭寒未必會殺死所有女孩，但你的死在蕭寒眼中卻成為必然——你知道如果你在此時候輕舉妄動的話，後果會有多嚴重嗎？」

凝夏看著面前這帥氣的男孩，他這番話令她莫名其妙地泛起一種被人關心的感覺，讓她首次感受到別人帶來的溫暖，使她的內心又動搖了幾分，猶豫著自己該不該相信他。但是，希辰卻沒有任何證據證明這個無稽之談——一名老師又怎會如此狠毒？又怎會是幕後兇手？於是她反駁道：「我真的不明白！你又有甚麼證據？你說甚麼幕後兇手？你不是說他誘惑我們，怎麼現在他又殺人了？這些我都從未聽說過的啊！要是他殺人了，他現在不應是在坐牢嗎？怎還能當老師？」

「但請你聽我說！這樣下去你會沒命的！」希辰忽然變得激動起來，「你可以選擇不相信我，但我……我……你知道我為甚麼執意要找出蕭寒……老師的真面目嗎？是為了……為了……你呀！我宋希辰發誓，我所說的話都是真的！那天我從暈倒的女生頭上拿下了那隻貝殼髮夾，卻發現帶上去後沒有被消除記憶，只是聽到一陣哭聲，並發現音樂室與雜物房之間有暗格相連，而雜物房的暗格裏更藏著一個實驗室，裏面綁著一個個被膠布封了口的女生，也就是那些失蹤的人。」

「那關蕭寒老師甚麼事？」

「除了他，你覺得誰會把這麼多女生藏在實驗室內？而且她們都是戴著他送的那髮夾！」

凝夏有點難以置信的說：「怎會的……」

「無論如何，你先別管我怎麼會知道，但你絕對不能在今天與蕭寒有任何接觸……」然後希辰又壓低聲音說：「……特別是在音樂室。凝夏，我為我先前的魯莽感到抱歉，我亦都理解你的感受，以及憂慮……」他頓了頓，又以無比堅定的眼神望著眼前人，說道：「請你相信我做得到：我會保護你的，凝夏。」說完便一下把她摟進懷內。

凝夏只感覺一頭霧水，呆了一下，但臉又突然變得通紅，額頭熱乎乎的，她忽然好怕會被人看見她的窘態，便索性把自己的頭埋在身高一米八的希辰那結實的胸膛，輕輕地嗅著從他身上散發的那股清新的青草味。

過了一會，希辰才鬆開那擁抱著凝夏的手：「如果我說我是從未來穿越過來的，你會相信嗎？」

「未來嘛——也不是沒有可能喲。」凝夏嘴角終於泛起了一絲笑意，她沒有那麼悲傷了。

「如果說我是被你帶來這兒呢？」

凝夏滿腦子都是疑惑之際，希辰便下定決心地說：「沒錯，我就是穿越過來的！就在今天，蕭寒將會在一間秘密的實驗室殺了你，並引誘你到音樂室來約他見面。而你化身鬼魂，於三年後找我來伸冤，更帶著我穿越過來，與你見面……」

希辰這次大意了，他們萬萬都沒想到，一個身影在身後的樓梯一步一步迫近，卻忽然停下來，這人的臉一沉，變得陰森恐怖，露出一個兇狠的眼神，又往回走。

與此同時，翔軒見希辰出去這麼久，便擔心起他來，於是又跟著出去了。

這一切雖然聽起來很荒謬，但種種證據都令凝夏無不對蕭寒老師產生懷疑，當她想到善解人意的蕭寒竟是個冷血的殺手時，她不禁感到心寒。她與希辰道別後，又回到課室，把頭上的貝殼髮夾摘下來，並細心觀察起來，這不就是一個普通的髮夾嗎？怎會有這樣神秘的力量，可以控制我們的思緒？想著，她開始讓自己安靜下來，並默默思索著剛才與希辰的對話。

另一邊廂，翔軒在走廊上碰見了希辰，只見希辰一副擔憂的樣子，希辰卻突然提出邀請：

「陪我去圖書館一趟。」

到了圖書館，希辰立刻跑去找《怨》，當他拿起這本書時，幾頁紙從裏面掉下來，他拾起來看，天啊，那不就是凝夏遺失了的那幾頁週記嗎？他趕緊把它們藏進口袋內，並把之前找到的線索都一併寫在自己的筆記本中。

這一次，他終於有閒心閱讀起這本書來，隨著他一頁一頁的翻閱，他開始不寒而慄起來——因為這本書竟然一直記錄著希辰穿越前後原本和改寫後的歷史。書中提到，凝夏在原先的歷史裏被蕭寒用髮夾迷惑，讓他得以用演奏的理由把凝夏帶到音樂室，再利用暗道回到實驗室裏，以製造出凝夏最後出現在音樂室的假象，並讓她成為在連環失蹤事件中最後一個消失的女孩。後來，當蕭寒正想行兇時，凝夏卻瞥見昏迷了的其他女孩。這讓她瞬間變得清醒，又撲到女孩跟前把她們叫醒。蕭寒老羞成怒，把刀插在凝夏的胸上。這時凝夏記起音樂室的暗道，便負傷引導其他人順利逃脫，但她自己卻失血過多，便倒在音樂室的地上死去。而凝夏倒在地上的情景，卻被剛好路過的清潔工看見。蕭寒亦只好乘著清潔工求救的瞬間，把凝夏的屍體通過暗道搬回實驗室，再毀屍滅跡，造成屍體憑空消失的狀況。

希辰這才明白，原來事件經過是這麼一回事。

他又繼續翻閱，只見後面記載的都是他遇到的經歷，但結局卻改寫了，這裏提到在歷史改寫後，凝夏將會成為這場爭鬥中的犧牲品，並且會在希辰面前被蕭寒殘忍地殺害。希辰這時又不禁感到毛骨悚然，原來他們所做的一切，蕭寒早已知道並預言，那麼他們像黑紗般那樣看不見、猜不透的的悲慘命運又可以被改變嗎？抑或是說希辰他們已經沒有反擊的餘地了？而他絕不能讓蕭寒這個大奸人得逞，那麼結局又能在他們的力挽狂瀾之下被改寫再改寫嗎？

就在他把這一切都抄寫在簿子後，他卻不受控地往後倒去，轉瞬間，他已臥在地上昏昏欲睡起來。

突然，他聽到翔軒正在呼喚他的名字，並拍拍他的肩膊，他睡眼惺忪的睜開眼，翔軒驚訝地說：「你……你剛才睡著了啊！你好像手舞足蹈似的，然後幾張紙掉下來了，接著你就去找周公了——真是的，究竟發生甚麼事？」希辰一時又搭不上話來，難道除了蕭寒本人，《怨》就只有他一個能看到嗎？

想著，他又叫著翔軒：「翔軒，如果我說我是穿越過來救一個女孩，你會相信嗎？」翔軒聞言又哈哈大笑起來，覺得希辰定是瘋了。希辰看見他這副表情，又輕聲地嘆了口氣，在他耳邊悄聲說了幾句後，便離開了圖書館。

放學後，希辰收拾好書包後就迅速跑到隔壁班找凝夏，想要看看凝夏會否跟自己一樣也能看到《怨》的存在。在前往圖書館的途中，凝夏出其不意地牽起了希辰的手，殺了希辰一個措手不及，他回頭看著她，眼前這個可愛溫暖的女孩，又使他的心撲通撲通地跳。凝夏輕聲地在希辰耳邊說：「希辰，我實在是不敢相信這樣可怕的事實，也很害怕未來的我會死亡！而且還是化作鬼魂的我首先來找你，要不是你，我現在還不知自己將會面對的危險……」她眼泛淚光，輕聲地問：「你會保護我的對吧！」希辰便回了一句：「嗯。」

希辰找到《怨》這書，遞給凝夏，她看到作者的名字後不禁說：「那麼蕭寒老師就是你所說這本神秘的書的作者了！」「凝夏你也能看到這本書的存在呢！」希辰喜出望外地說，但是他隨即又感到心裏發毛——也就是說蕭寒是特地讓他們倆看到的嗎？

凝夏問：「雖然聽起來有些冒險，但我們還是得找出蕭寒老師的真面目，你覺得我們可以一起去雜物房暗格內的實驗室探個究竟嗎？畢竟這麼多同學都在他的手上，我們要拯救她們！」希辰擔心地說：「我們不但可能拯救不了她們，更可能自己也受害！」「可是曉晴她被蕭寒捉了呀！」最後他們還是決定去實驗室找蕭寒算賬。

翔軒見希辰的書包仍留在課室，人卻不知所終，恰巧他看見了他和凝夏正在越過操場去雜物房那兒不知在幹什麼，生性八卦的他立刻跟著兩人一起到雜物房……

此時，希辰和凝夏打開了雜物房的門，可是牆上的磚塊並沒有絲毫改變，亦看不見甚麼暗格。凝夏質疑的說：「你不是說這裏有間實驗室嗎？怎麼我看不見？哎呀，我的腦袋實在太亂了！」

突然雜物房裏又走進了一個人，此人正是蕭寒，只見他表情扭曲地對希辰說：「可惡！你們兩個小傢伙，不要自以為是救世英雄，想要從死裏拯救你的女朋友，還想要拯救其他昏迷了的同學？你們還是不要白費力氣了！我早已施咒，外人是無法進去實驗室的，恐怕你們自己也自身難保！想必你們也看過了《怨》，對吧？我勸你們還是少作夢了！因為你們兩個的結局將會像這本書內的男女主角一樣，不會改變！啊哈哈哈哈……」

「啊！」聽到此番話，凝夏嚇得尖叫起來，她緊緊地抓著同樣面無血色的希辰。希辰不禁破口大罵，然而說話中仍帶著一點顫抖：「蕭老師，你幹的不法勾當，我們都已經知道得一清二楚了！那天我看到實驗室內的景象，還有那些器官販賣的報道和被催眠了的失蹤女孩……想不到原來你心腸是那麼壞！真虧你為人師表！」

蕭寒輕蔑地說：「真是笑死我了！就憑你們兩人的本事能把我怎樣？要是我大計不成，我都要折磨你們，還有你們的同伴，讓你們都要為我陪葬，生不如死！……你說我應該直接殺了你們，還是讓你們分別殺了自己的好友？啊哈哈哈哈哈……好吧！宋希辰，我現在要施下咒語，命令你去把金翔軒捉過來，在我親眼目睹下把他殺了，你可別賴皮！葉凝夏你嘛……看來你已經知道你的死期……那麼先讓你殺了廖曉晴，我再殺你！我要把這裏所有被迷暈的女孩將會陪你們變成女鬼……不錯不錯！」

凝夏忍不了，衝動地說：「你瘋了！你真的瘋了！想不到你竟是如此卑鄙！我們變成鬼也要找你，纏住你一生！」未待她說完，蕭寒便抓住他倆的衣領，再從口中說出一句不明的魔咒，打開了那個秘密的實驗室，並強硬用雙臂架在他們脖子前，企圖把他們都拉進去。這突如其來的威脅逼使得希辰和凝夏陷入極為強烈的恐懼感之中，此時的他們又是尖叫又是奮力掙扎著，可不論他們怎樣反抗，他們都無法掙脫那股強大的拉力，只能眼睜睜地看著自己被強行拖進暗格裏，逐漸地消失在牆後。就在希辰扭動身軀的瞬間，那個一直被希辰藏著的貝殼髮夾以及凝夏週記中被撕掉的幾頁紙猛地從他口袋抖出，並靜悄悄地掉在旁邊一角的陰暗處，似乎為著他們的失蹤作出最後的求助。

第七章：劫後餘生

黑紗，再一次籠罩在每人的心裏，又一次圍繞著他們的思緒……

此時並沒有任何一個人發現，他們身處的雜物房，門是開著的。而翔軒在走廊目睹了這驚心動魄的一切，他怔怔地望著那個半掩著的暗格門口。他原本只是好奇希辰在做什麼，所以才一直跟著他到雜物房，並沒想到會看到這觸目驚心的一幕。他也因看到的這一幕，緊張而害怕得說不出話來，就連一個少少的音節，也都發不出來。頓時，他身處的走廊變得異常安靜，他可以感覺到自己呼進去的空氣，正在慢慢且一點一點地壓迫著他的胸腔，他的呼吸越來越急促……這種呼不上氣的感覺，令他十分難受，同時也隨著自然的生理反應，無論如何也睜不大眼睛，變成一條線似的。這種感覺使他更加害怕，更擺脫不去。他這時只能聽到的，就只有他那強勁而快的心跳聲，每一下的心跳聲都在逐漸放大、逐漸加速——每一次跳動，那揮之不去的聲音，都不停地迴盪在他那片早已空白的腦海之中。

他的四肢也被「恐懼」操控著而像冰冷的屍體般一樣僵硬，但還是輕微感覺到雙腿之間不止地顫抖著；他的身體逐漸變得冰冷，冒出了數不清的冷汗珠，像是剛剛去完蒸氣室一樣，全身都佈滿一滴一滴水汪汪的水珠。在不知不覺中，他的眼角處緩慢地流出了眼淚，臉頰很快就以「泉水」洗涮了一遍遍……翔軒就這樣定在原地。他想離開這個地方，離開這個惡夢……可是他做不了什麼，「流淚」似乎成了他唯一可以表達自己想法的方式。

這個時候，他的腦袋只有兩個問題纏繞著：「我們生物科的好老師怎麼會做出這些行為？」「為甚麼希辰會因蕭寒老師的幾番話，就去殺掉我這個跟他感情很好的朋友？」他越想越困惑，越想越迷茫。慢慢地，意識開始漸漸薄弱下去，他眼前的事物也變得模糊起來，但突然他的眼前閃過了一幕：「希辰因殺了朋友而傷心過度自殺，被迷暈的女孩慘死於老師的手下，他的女朋友要承受殺死朋友的痛苦，才被殺死，一起陪葬。」的悲慘「結局」。他不甘心他們的命運只能掌握在蕭寒這個兇手手中。他開始慢慢深呼吸，盡量控制不要過快地呼吸，努力掌握在同一個節奏中。在慢慢平穩呼吸中，心跳聲也隨即慢慢地回復平常的狀態，他的思緒也不再混亂起來，僵硬的身體漸漸地變得靈活。現在的他只有一個目標——那就是拯救他的朋友。

對翔軒來說，此時的每分每秒也很寶貴，容不得他有任何失誤，因為希辰以及眾女孩們的生死就掌握在他的手裏。堅定的他亦立即飛快地奔跑著，途中看著眼前掠過的大片大片的色彩。時間，彷彿就在此刻似一支箭飛快地掠過了，翔軒心中那洶湧著的浪濤和驚魂，仍然依舊都未能平息，仍在波濤洶湧著。他在奔跑的途中，一邊想著哪裏距離雜物房是最近的，這時候腦海中的一個答案漸漸浮現出來——音樂室。

此時的音樂老師正在批改同學的功課，在她專注地批改的時候，就聽到突如其來「碰」的碰撞聲，然後接續又是幾聲「砰砰」的敲門聲，嚇得她先是愣了一下，呆呆地愣了幾秒後，才反應過來，急急忙忙地開門。映入眼簾的，不是其他人，正是翔軒。只聽見他大聲而又沉重地喘著氣呼吸，他那佈滿汗水的臉頰也漲得紅通通的，看起來就像一個充滿水分的蕃茄。音樂老師看到他這副樣子，也有點嚇到了，不過很快恢復往日的鎮定，冷靜地詢問他發生了什麼事情，才讓他如此匆忙地趕過來音樂室。翔軒仍然在不停地喘氣，他在呼吸的隔間中，支支吾吾地吐出斷斷續續的句子：「我需要……你幫忙去救我……的朋友們……」音樂老師聽到這個回答後，不禁意識到這不是普通的事情，於是便趕快地詢問他到底發生甚麼事。

翔軒聽後，便以真誠且急切的語氣道：「……我……我的朋友希辰……還有凝夏，都被生物科的蕭寒老師捉走了！也許王老師你未必能在一時之間接受這個事實……但請你務必相信我！因為希辰的性命就掌握在我們手裏！身為他的摯友，我無法拋下他們不管！請你救救他們！」

聽到此番話，音樂老師禁不住質疑翔軒的說話來：「翔軒，你都不是不知道蕭寒老師在學校裏有多受歡迎，我實在很難相信他會犯下這般彌天大罪……再者，你現時手上實在沒有證據證明這件事情的真實性，因此我……」

「王老師，這個不是證據不證據的問題吧！現在可是生死攸關的時刻！……更何況，女孩的失蹤，都是蕭寒老師一手造成的！」翔軒有點被逼急了，慌忙加言相勸，打斷了王老師的說話，「我知道現在我實在沒有證據去證實我所說的話，但請老師你明白——假如有一天你的生命中最重要的人有危難，你會否義無反顧地幫助且相信他？我和希辰是認識多年的朋友，從來都只是他幫助我、照顧我，可我也希望可以在他有需要的時候能夠與他同行，並為他伸出援手，以證明我對他的信任和重視！……我相信希辰，他現在一定正在等著我去拯救他的朋友們……王老師，我期望你理解我的感受，亦都盼望你不會辜負希辰對我的一番期盼！」聞言，音樂老師的臉上閃過一下疑惑的神色，但當她迎上了翔軒那無比堅決的眼神，便知道他心意已決，於是嘆了一口氣：「……好吧，我相信你，亦都理解你的決定……但你可得告訴我，希辰在被蕭寒老師抓了之前的行蹤以及異常的行為，讓我了解事件的來龍去脈以及線索。」

當翔軒得悉自己有王老師的幫助後，登時喜出望外，又用手撫摸著下巴，回想起希辰這幾天做過的事情。就在此時，他忽然記起了蕭寒老師與希辰在雜物房門前的對話，頃刻間，其中的一句說話在他腦海中漸漸浮現出來，並不斷地迴盪在他的思緒中……

「想必你們也看過了《怨》，對吧？我勸你們還是少作夢了！因為你們兩個的結局將會像我這本書內的男女主角一樣，不會改變！……」

同一時間，翔軒猛地抬起頭來，並興奮地說：「我記起了！蕭寒老師那時候在雜物房門前說過，希辰曾看過一本名為《怨》的書，又說希辰的結局甚麼的，而剛好希辰這幾天又是頻頻到訪過圖書館……說不定，他被別人抓走，也許就與這本書有關！」音樂老師頓時做出一個恍然大悟的樣子，緊接著，他倆邁腿就跑，打算全速奔至圖書館，看看能否尋找希辰失蹤的最後線索。

未待他們喘息的空間，翔軒便急匆匆地步入圖書館的門口，找到希辰平時經常到訪的那個書櫃，開始找起那本《怨》來。但是，不論他怎樣找尋，他也無法找到它，使他漸漸生出放棄的念頭，並開始胡思亂想起來：「不行，我不能夠放棄的，也許圖書館裏還有未解的謎題，導致我們無法找到那本書籍……不過，我們到底錯過了甚麼線索呢？希辰又被蕭寒抓到哪去了？」

翔軒越想越不對勁，心裏慌亂得像打結了般，剪不斷，理還亂。這時，老師看見他慌張的樣子，便伸手拍拍他的肩膀以示安慰，又走到其書櫃面前，低頭陷入了沉思之中。

與此同時，翔軒想起了希辰失蹤前在圖書館跟他說的話：

「翔軒，以下我要對你說的話，你可以跟你信任的人說。但盡量不要讓太多人知道。」

「我現在會把我的筆記本交給你，裡面寫的全是我穿越前後所寫的線索和看法。當你到圖書館後，盡你所能找一本名為《怨》的書，以便你更清楚當下即將發生的危機。待時機一到，它必然會助你一臂之力。到時候，你便可以翻開它看看，了解三年後所發生的事。有必要時，它便會成為召喚所有真相的關鍵，因此請你務必保管好它。」

「信任的人嗎……」從回憶中拉回現實的翔軒沉吟。但現在眼底下，就只有音樂老師是可信靠的人了。於是他又把筆記本的內容借給音樂老師細看。亦因如此，他們了解到希辰在三年後音樂課所發生的事。

「……你還記得筆記本提到，希辰在音樂課上身體不適的情形嗎？」片刻，音樂老師抬起頭來，開口問道。

「我當然記得，當時希辰是聽完一段音樂後便感到頭痛欲裂，最後更要離開音樂室稍作休息，之後便發生了女孩連環失蹤事件……」說到這，翔軒猛地停頓說話，彷彿正在意識到甚麼。

「……我發現每個女孩失蹤前，都曾因頭痛而到校務處接受治療，而剛好希辰又是在一切發生前曾感不適……翔軒，你說，希辰會否與此事有關？」

「……都就是說，當天的音樂課就是一切事件的開端，所以音樂課便是線索……？」翔軒有些迷惘地回答。

聞言，音樂老師一頓，接著挺直腰板，開始哼唱一段似曾相識的旋律。

翔軒聽著聽著，心裏先是一片疑惑。漸漸地，他驀然明白了音樂老師哼唱的用意——那首歌！音樂老師哼唱的原來是這首歌！那天希辰身體不適時，音樂課便正是播著這首歌來！王老師忽然的哼唱，原來是想測試希辰與音樂課之間的關係！也許這段哀怨的旋律，就是召喚出所有真相的關鍵所在！

隨著神秘的旋律哼出，翔軒便感覺到那股心裏與別不同的感受，既悲又慘，既悽且苦，叫他心裏就像被一層黑紗覆蓋著一樣，生出的孤寂感越發強烈。漸漸地，旋律又化為一幕幕泡影，彷彿正在空中相互交織著，最終引領他們到了書櫃裏不起眼的一角，一本書亦逐漸從其慢慢顯現出來。翔軒遲疑片刻，便伸手拿出了那本書來，並看見了那深深印在封面的書名——他們終於找到《怨》了。

翔軒翻書一看，大段大段的文字瞬間映入眼簾。時間一分一秒地流逝，翔軒亦漸漸理解希辰在穿越前後所發生的事情以及歷史的改寫，並讓他想起了之前希辰寫錯作業日期的事情——想不到，那天隨便問問他是否穿越過來，竟是一個千真萬確的事實，一個在昔日便定下來的歷史。

這時，書中的一句句子吸引了翔軒的目光，直率的他不禁衝口而出：「咦，這裏說蕭寒還有一個同黨，在歷史改寫前，蕭寒竟然偽造出凝夏最後出現在音樂室的證據來，並把一切責任推卸在他的同黨身上……」

就在翔軒說話的其間，他卻沒有注意到，此時的王老師的臉上閃過一下陰沈的臉色，但迅即又回復正常。

片刻，得悉一切的翔軒隨即下定決心來，誓要找出希辰並拯救他們。於是，他又放下手中書本，並拉著王老師的手臂，懷著複雜的心情帶領著她往雜物房門口走去……

黑暗中，一個令人毛骨悚然的笑容，並伴著那詭異的笑聲，令人不禁害怕起來，雙腿不自覺地發軟，全身不止地顫抖……「你以為你能逃得掉我的手掌心嗎？」那個詭異的聲音再度響起，那正是可惡的蕭寒。他正在自言自語地說道：「翔軒，你真的認為你能拯救他們嗎？恐怕你連自己都救不到。哈哈！」，說完後又是幾聲冷笑，「有些人不是你想像中這麼美好的——你信任的朋友也許往往便是背叛你的人。」說完這句意味深長的話後，他轉過身子，看著凝夏以及希辰。這個時候的他們，早已被蕭寒用繩子捆綁了四肢，他們的嘴也被蕭寒用膠帶封了起來，不能發出任何一點聲音去求救。蕭寒看著他們，露出了一個耐人尋味的微笑。此時的蕭寒就像一隻殘忍的惡魔，披上了人類的皮囊，藏匿在人間之中……希辰他們頓時露出了絕望的神情，凝夏更是流下了眼淚，絕望地哭了起來。蕭寒看到他們這麼絕望，以病態般瘋狂的眼神凝視著他們，讓他們又添上幾分慌張。

翔軒與音樂老師一同跑到雜物房外，卻發現雜物房的門被鎖上了，翔軒馬上焦急了起來，心急如焚地不停拍打著門，心裏想著要快點救出他那危在旦夕的朋友們。正當他驚惶失措之際，他卻瞥見了那些放在自己腳邊的物品。「……是髮夾！還有凝夏週記上那被撕掉的數頁！我記得，這些原本都是放在希辰的口袋裏的！」翔軒欣喜若狂地彎腰拾起地上物品，又緩緩地轉過身，想要與背後的音樂老師對話：「王老師！你看！這些物品都是藏在希辰的口袋裏的！希辰真是來過這……」但突然，一聲不吭的音樂老師面色陰沉，手持電擊棒，未待翔軒說完話，她便從背後偷襲了翔軒，他不敢置信地望著音樂老師，只看見她那一臉的冷漠。很快地，翔軒便倒在地上，他那一副驚訝的樣子，一直盯著音樂老師，迷迷糊糊中只聽見開門的聲音，隨後便是一句，「做得真棒！我的……」還沒聽完，翔軒就徹底失去意識了，並緩緩閉上了眼睛……恍惚之中，他隱約可以感受到，有兩個人正在搬著他去一個地方，雖然並不知道是甚麼地方，但他還是可以猜到他正在被搬進實驗室。直至翔軒徹底失去意識前，他終於意識到《怨》所預言的說話，其實是給他的一個警告：「那個同黨！一直幫助我的音樂老師，竟然就是那個同黨！她居然是與蕭寒老師是一夥的！她是來陷害我們的……」

陰險的音樂老師正與蕭寒一起合力地把翔軒抬去實驗室，然後也把他的手腳捆綁起來，並且封住他的嘴巴。音樂老師在搬完翔軒後，便開始抱怨起來：「他為甚麼這麼重啊，搬得我都累了，真麻煩。」蕭寒並沒有理會她，只是蹲下來用他的手掌拍打著翔軒的面頰，令他醒了過來。「小子，終於醒了啊。」蕭寒說著並帶著一個微笑。「你們都準備好看一場精彩的表演了嗎？」不給他們回答的機會，又說著：「這場表演就是——肢解人體！相信你們都十分期待！那我就先從這一排的觀眾，隨機抽取一位幸運兒吧！她就是——葉凝夏小姐！」他們聽聞後，明顯地露出慌張的神情，拼命地掙扎，想要擺脫身上的束縛。「看來這兩位觀眾十分焦急呢！那我們事不宜遲，立即開始吧！」蕭寒興奮地說著，還不忘調戲著身旁的凝夏。希辰與翔軒看到這一幕，更加激烈地掙扎著。這時蕭寒更加興奮了起來，忍不住發出了病態般的笑聲。凝夏皺著眉，一臉不悅地看著騷擾她的蕭寒，心裏一陣嘔心和討厭，卻不能直接了當地說出自己的心聲……

「把我的手術刀拿來！」蕭寒大聲地說著，「沒有啊？我看不到？」音樂老師疑惑地問著。蕭寒一臉驚訝地望著音樂老師，然後便跑向他的儲物櫃，翻來覆去的尋找著他心心念念的手術刀。「可惡！我的手術刀在哪裏？！」找不到刀的他用兇狠的眼神看著希辰他們，用冰冷的語氣說著：「放心，我一定會找到的，再把你的女友一刀一刀地殺掉，而且十分細心地肢解她。」說罷，又轉過身子，繼續尋找他的手術刀。這個時候，突然有人敲著雜物房的門，蕭寒和音樂老師都十分詫異為什麼會有人來，「你待在這裏好好看著他們，我要出去應付一下別人。」說完後，便直接地走去雜物房的門口。來的人是一位「普普通通」的清潔大嬸，她要清潔許多的課室，所以來雜物房拿足夠的清潔用品，卻沒想到觸發了機關，在誤打誤撞之下闖了進來，於是又趕忙詢問眼前的情況。蕭寒本想跟這位大嬸寒暄幾句，就打發她走，卻沒想到這大嬸因為蕭寒不讓他進入雜物房取東西，而變得十分憤怒，開始跟他吵架，然後纏著他不讓他走。蕭寒感覺處理這個暴躁大嬸十分棘手，真想直接殺掉她，可是既沒作案工具，又怕被別人發現，最終打消這個念頭，開始跟大嬸進行言語上的「戰鬥」。

這個時候，音樂老師仍然看管著希辰他們，希辰環視四周，卻沒有發現能夠切割繩子的工具或者是鋒利的東西。他深感不妙，難道我們就這樣死在蕭寒以及音樂老師的手中嗎？他思考著究竟有什麼方法能逃出去這個惡夢，他靈機一動，我們不如說服音樂老師，讓她改邪歸正，幫助我們吧！想到這裏，他便立即實行這個計劃。希辰掙扎著想發出聲，只是嘴巴被封著，只能發出悶聲。音樂老師被他的舉動引得煩擾，忍不住扯去封條。

「音樂老師，其實你不想殺人，對吧？」希辰試探地問道。

「你在胡說什麼？你在開玩笑嗎？」音樂老師不屑地說。

「放下屠刀，改邪歸正吧！」

「我才懶得理會你……」

「你想想受害者家屬的家人死去，該有多麼悲傷呀！」

「關我什麼事。」

「是你成為了幫兇，你也是殺害女孩們的一份子！」

「這個……」

「不要一錯再錯了！」

「可是我已經做了……我踏上這條路，就注定不能回頭了……」

「還可以的！只要你回頭是岸，就可以了！只要你誠心地贖罪，他們終有一日會原諒你的！」

「真的嗎……？」

「是的！不要再讓你的雙手沾滿罪惡的鮮血了！」

「還可以回頭嗎？自從我的母親生病後花了大筆醫藥費，我沒有錢還債，債主蕭寒亦就不放過我，迫使我要成為幫兇，販賣器官……每當我看到一個個天真的女孩被逐一殺掉時，那罪惡感就不斷籠罩著我的大腦，揮之不去……」王老師嘆了一口氣，又道：「……也許，翔軒之前所說的話是對的。我是應該相信對的人，並且要真誠地把自己完全交給信任的人，而蕭寒則是在歷史改寫前背叛了我，證明他並不是那個我應該相信的人……而我一直也找尋一個機會來彌補自己的過失，讓自己有向女孩們贖罪的一天……又或者，這個便是我一直以來的執念吧。」

聽著這，希辰不禁感歎音樂老師會成為幫兇，原來也是有苦衷的呀！蕭寒這個毫無人性的兇手真的是罪大惡極！我一定要搗破這惡魔的所作所為！

音樂老師開始逐一幫他們解開繩子，但不幸的是，那個惡魔竟然回來了！他看到這一幕後，就老羞成怒起來，大聲地說著：「好傢伙，你竟敢背叛我，原來你的野心就只有那麼小。好，我就把你一同殺掉！」被撕掉膠帶的凝夏害怕地大聲尖叫起來，兩個成年人便開始搏鬥起來。音樂老師首先向著蕭寒的臉部揮出一拳，被他躲了過去，蕭寒接著又是兩拳揮下去，音樂老師躲閃不及，中了他的攻擊。不幸的，音樂老師由於沒有參與訓練過，漸漸在戰鬥中處於下風，趁著音樂老師正在拖延蕭寒的時間，這正是可以逃出去的最好機會，所以他們加緊解開繩子。終於，音樂老師不堪重拳，倒了下來，蕭寒大聲嘲笑著虛弱的音樂老師，隨著笑聲緩緩變弱，他卻驀然發現希辰他們逃走了！蕭寒馬上追出去，因他絕不能夠讓他們成功逃走，否則他就要承受牢獄之災、身敗名裂了。雜物房只剩下了重傷的音樂老師，她用虛弱的聲線說道：「我的好學生們……你們可要活下去呀！對我而言，我的死亡是惟一能夠令我救贖，並對受害者的家屬們作出最後贖罪的方法……願你們也能勇往直前，安分地生活下去。」說完後，音樂老師便徹底斷氣，死了……

這邊廂，蕭寒追著希辰他們，勢必要殺他們滅口。追了一段時間後，眼看著蕭寒的手就能觸碰到他們，可當他追出學校門口時卻愣住了。只見眼前是一大群警察，他們正把他團團包圍著。原來音樂老師之前已報警，看來她早已有改邪歸正的心意，她只是等待一個機會而已。

插翼難飛的蕭寒瞬間意識到自己是徹底沒有機會可以「翻生」了，便絕望地大叫一聲，然後被警察捉回警局去。此時逃過一劫的學生們忍不住痛哭起來，彷彿在宣洩他們剛才繃緊的情緒，也像是慶幸自己逃了出來……不過肯定的是，他們終於改變了這個如黑紗般猜不透的命運了。

第八章：相遇

隨著事件到了尾聲，希辰抹過眼淚後，他感覺到自己的心情沒有那麼沉重了——黑紗的孤寂感，也在其中漸漸地散開來了。

「……宋希辰，謝謝你，這幾個月來，你為我帶來了希望，又拯救了我的生命，讓我得以像我之前所說的那樣——可以安靜地生活下去。」在旁的凝夏忽然轉身，向著希辰感激地說道。

聞言，希辰從她說話當中，感受到了那種前所未有的成熟與沉穩，也就是說，凝夏不自卑了，她長大了。希辰欣慰地笑了笑，並無回話。

就在他笑的瞬間，希辰感受到他的心開始略有悸動，漸漸地，這種變化開始變得越發強烈，更化成為一把清脆且沉穩的聲音，在他內心不斷迴盪著——

「你好希辰，我是你之前遇到的女鬼凝夏，我現在將會用心靈與你溝通。」

希辰赫然一驚，嚇得他趕忙四處張望，卻發現自己身邊並無人說話。

「你不必驚慌，也無需恐懼。我只想告訴你，我的冤情你已幫助我洗脫，我也是時候要回到人間，以人類的身份繼續參與校園生活……」她頓了頓，又道：「……一切已結束了，你應該要穿越回去了，回去了……」

說罷，希辰便感覺到自己的身軀變得極為冰冷，使他幾乎要昏厥過去，他記得，當初穿越回去三年前時，他便曾有這種感覺，看來他真的要回去了。想著，他向凝夏看了最後一眼，又無力地向後倒去。剎那間，他感覺到自己的後背彷彿墜進了無底深淵，就是怎麼也碰不見底。接著，他又看到自己眼前掠過一片一片的光影，他認得，那些全都是他在三年前的生活片段。這些思緒開始一股腦地湧進他的腦海裏，使他感到頭痛欲裂，無數色彩繽紛的影像和聲音閃現眼前，好像有隻大手把不屬於他自己的記憶強行灌進腦內，又一點點碾碎他的個人意識。

此時，一把聲音在時空隧道中響起：「宋希辰，你不屬於這個時代，因為產生時空效應的緣故，你和所有人的記憶也將會被消除，並徹底地磨滅……回去吧，希辰。」

「不！我不要忘記一切！」希辰忍著頭痛，痛苦地呼喊著。他寧可永遠被困在另一個時空，也不要忘記與凝夏相處的一切。

「這是命運的安排，也是上天的決定。命運就是這般猜不透、看不著的……放棄吧，希辰，回去吧！」

「不！」他掙扎著，卻又無力站起來，只感覺到一股拉力把它猛地向後拉，並掉進另一個隧道中。漸漸地，他的意識變得模糊，視野亦在此刻倏地停止。

時間重新回到三年後，一切重歸平靜。女孩並沒有失蹤，依舊在原有的座位出現；而蕭寒則因犯罪而被革職，那些追捧他的女孩，也都沒有再提起他的名字。

蕭寒不在了，取而代之的是一位中年生物老師——陳老師。他可是蕭朗中學另一個傳說，他能夠將沉悶的生物課變得更加沉悶，基本上沒有一個人能夠「撐足」整個課堂，但他是個好人，是一位慈祥的伯伯。

一切都回復正常、平靜。像是甚麼都沒有發生過。

至於我們的男女主角呢？可惜天公不作美，由於時空穿越的時候磁場太大了，即使希辰多麼用力握著凝夏的手，終究是鬥不過那股無形的力量，他們雙雙分開，忘記了對方。或許凝夏會開始她的新生活，和她的朋友在一起，度過屬於她的青春；也許希辰可以做回萬千少女的初戀，做回那個很優秀的希辰，也許這就是上天的安排，忘記一切或者是他們最好的結局。分開的那一刻凝夏隱約地聽到了希辰說：「我相信命運會讓我們再相遇的！」她也希望啊，但是萬物本非她有，她怕期望越大，失望便越大，命運這種東西是人類可以猜測的嗎？它就像那黑色的紗網，看不透。若果命運的安排真的是讓他們在一起，他相信，那冥冥中的紅線是會引導他們的，但是，天知道這條紅線會何時出現，又會何時了斷？

分開的那一刻，一股無力感從希辰心中蔓延，他希望命運能夠讓他們再相遇，可是，誰人能知道未來會發生什麼？他不想留下遺憾，可遺憾才是人生常態，很多東西失去了就沒法回來了，包括我們在內。他開始笑起來，他在笑命運的幽默，命運讓他與凝夏相遇，卻又讓他們分離；命運又讓他見證了學校的歷史，但到頭來，一切竟又回復平靜，就像事情從來沒發生過一樣。這時的他恨不得自己可以看穿命運這層黑紗，並可以做到凝夏之前所說的話：讓自己安分地生活下去。

太陽照常升起，月亮照常落下。希辰彷彿做了個夢，卻又絲毫沒法回想起。他決定不再回想，一心只想著趕緊梳洗上學去。

路途上，翔軒一如既往地陪著希辰上學，只是，今天周圍的一切好像特別安靜。希辰感到很奇怪，道：「今天怎麼似乎特別安靜呢？」翔軒回答：「因為校園祭只剩下兩星期了，女生們個個都很用心的在準備呢。」希辰大叫：「只剩下兩星期了？」翔軒笑道：「你真懂得做戲，要不是你昨天說校園祭只剩下兩星期了，你要加緊努力準備，我差點兒就覺得你忘記了這一回事。」然而，希辰並沒有做戲，他覺得很怪，他感覺自己並沒有真的度過這些天，不過，他認為這只是自己太過認真地準備校園祭的關係，沒有怎樣留意時間所導致的。

回到學校的第一件事，當然就是繼續準備校園祭，希辰很希望校園祭能夠順利地舉行，所有事情都要確認三、四遍才放心。「叮噹，叮噹」鐘聲響起，是時候上課了。今天的頭三節課是中文課，說到中文科，同學們最怕的就是文言文了，個個都在祈求今天的課堂不要是關於文言文的。可能是上天看在他們很努力地在準備校園祭，於是成全他們的願望。中文科老師秦老師進來時，告訴同學們今天他們將不會上關於課本上的內容，他在黑板上寫上幾隻字「黑紗、秘密」道：「同學們以這幾隻字聯想到什麼呢？可以自由回答，也可以和同學討論。」瞬間，同學們便七嘴八舌地討論起來。有的想到了偵探小說，有的則想到恐怖片。希辰看著這四隻字，有種說不出的感覺，就像有些事他本應知道，但他卻渾然不知，無力又迷惘，他不喜歡這種感覺。

秦老師邀請同學舉手回答他們的想法，一向喜愛文學的女班長第一個舉手回答道：「這四隻字讓我聯想到命運。」秦老師追問道：「有趣有趣，為什麼呢？」女班長答：「嗯……因為命運就像黑紗般看不透，沒有人知道這黑紗背後隱藏著甚麼秘密。」大家都很喜歡女班長的回答，感嘆著真不愧是女班長。秦老師點點頭說：「答得很好啊！看起來大家都對這四隻字很有想法，那麼我就不擔心你們做不來今天的作文功課了。好吧，大家以這四隻字為題，寫一千字的文章，後天交回。」大家的心情猶如過山車，從高峰瞬間跌到去谷底，既然要寫作文，還不如上文言文課吧，上天怎麼可以這樣對他們？本身慶幸的心情就這樣被擱淺了。

希辰安靜地坐在座位上，他被那無力迷惘的感覺困擾著，已經毫無心思繼續上接下來的中文課了，整個腦海裏空蕩蕩的，他希望能想起什麼，卻又像有些東西阻止著他回想起。到中午籃球比賽時，他更是提不起精神，導致發揮失常。可是沒有人怪他，可能是因為他平時都有很努力地訓練、也有可能是他的「迷妹」坐在後面殺氣沉沉地盯著他的隊友的關係。對於今天發揮失常的情況，希辰甚是抱歉，但他沒法讓自己的腦海不再空蕩蕩。一整天，他像是失去了什麼很重要的東西，心不在焉。他很煩惱，這時，翔軒走了過來，對著他道：「你是不是因為校園祭而導致壓力太大？我陪你散散心吧！」反正坐在座位上也不能令到他不再煩惱，或許跟翔軒散散心可能有用，希辰沒有拒絕。

偌大的校園，充滿著陽光和植物，空氣清新，確實是個適合散心的地方。希辰煩惱的心情頓時減了幾分。他們來到了圖書館，坐下望著窗外的風景，翔軒道：「哎，這美麗的校園三年前居然發生了一些可怕的事情。」

希辰追問：「什麼事情？」翔軒回答：「你忘記了嗎？中三時有一位生物科老師叫做蕭寒，可受學生歡迎了，誰知背地裏他做著一些犯法的事情，被音樂科王老師發現，最後王老師犧牲自己才將蕭寒送進了警局呢！」希辰詫異，如此重大的事情，自己居然毫無印象？算了，好不容易自己沒有那麼煩惱，就不要想其他的事情了。

接下來的這幾天，希辰空虛的感覺不減反增，他覺得自己失去了什麼很重要的東西，但周圍的一切卻在阻止他尋回，彷彿時辰未到時，他都不能找回屬於他的那樣重要的東西。

驀地，他的眼眶紅了，莫名的心痛令到他很難受，痛得難以呼吸。世間最可怕的愛情是有緣無份，可憐的他忘記了她，潛意識卻仍然掛念著她。希辰對於自己奇怪的情感感到很困擾，卻無法制止，只能放任痛覺蔓延。他切實地感受到這痛苦並不是因為壓力，是因為內心中的情感，但他卻完全不理解為什麼自己會有這種情感，因為他忘記了她。

校園祭如期舉行，一切都很順利。希辰感嘆好在一切沒有因為他的狀態不在線而導致他負責的活動一團糟。到場參加的人都很享受這校園祭，個個離開時都面帶著滿足的笑容。

校園祭完結，中六的同學包括希辰在內便將注意力放在公開考試上，希辰一向品學兼優，加上他又勤奮讀書，公開考試自然難不到他，他獲得了著名大學的錄取信，今天應是他們這一屆中六學生最後一天穿著校服在這校園了。時間流逝，轉眼間這群小孩已經歷完他們一半的青春歲月了。正當個個都在含淚道別時，希辰又如當初校園祭時那般提不起勁，他做了個夢，夢得很真實，像回憶。夢中，他和一位女孩被一層黑紗隔著，女孩念著他的名字，他感到很熟悉，卻完全想不起那女孩是誰，更看不著女孩的容貌。女孩給他一種太熟悉的感覺，但他卻就是想不起來。

少女的聲音在訴說著過往，是孤獨、是傷疤、是分離，卻勇敢面對。是花樣年華的白月光，是潔白如雪的梔子花。

希辰想知道夢中那個女孩是何方神聖，那女孩對他來說就像一位熟悉的陌生人，似乎無比熟悉，卻又從未見過。或許她能解釋為什麼自己會出現莫名心絞痛的情況。

走在這充滿著青春回憶的校園，希辰感嘆著時間過得真快，眨眼間，他將成為大學生。同時間，心中煩惱著夢中的那位女孩，他想找出那位女孩，說不定就能記起為什麼她會給他這麼熟悉的感覺。

要離開了，最後一次穿著校服走在這條樓梯，心中屬實有些感觸。「哎，真捨不得。」一把似曾相識的女聲傳入希辰耳中，驀然回首，瞧見女生掛在胸前的名牌上寫著葉凝夏。這時窗外櫻花飄落，見到此情此景，希辰的心裏，竟然有一種莫名的熟悉感覺。

兜兜轉轉，邂逅相遇。

NOVEL137

英 華 女 學 校
2022至2023年度

黑紗背後的秘密

校名： 英華女學校
作者： 曾沛晴、陶曉昕、胡熙瑜、葉司敏、邱綽心、余恩予、梁漪澄、黃萎欣
封面插圖： 胡熙瑜
內頁插圖： 胡熙瑜、曾沛晴、陶曉昕
顧問老師： 鄧綺橋、廖仲儀
比賽評審： Adelaide
編輯： 青森文化編輯組
設計： 4res

出版： 紅出版（青森文化）
地址： 香港灣仔道133號卓凌中心11樓
出版計劃查詢電話：(852) 2540 7517
電郵： editor@red-publish.com
網址： http://www.red-publish.com

香港總經銷： 聯合新零售(香港)有限公司

出版日期： 2023年7月
圖書分類： 流行讀物 / 小說
ISBN： 978-988-8822-76-8
定價： 港幣50元正